戯曲
ロベスピエールの来訪

マリ・くにこ

文芸社

目次

戯曲　ロベスピエールの来訪

登場人物

香奈子　ＯＬ
里美　香奈子の職場の同僚
秋川　香奈子のボーイフレンド
上月　貿易会社社長
上月夫人
訪問者　後の滞在者
第二の訪問者

雷雨の夜の訪問者

（雨のフロントガラス、ワイパーが絶え間なく作動、時折街灯や対向車のライトが車内を照らす。ハンドルを握る香奈子、唇を噛み、ほほに流れる涙を片手で拭っている。）

香奈子　わたしだけを愛しているって言ったのに！

（物凄い雷鳴、フロントガラスが稲光で青く光り、その向こうに一瞬人の顔が現れる。）

香奈子　ああっ！

（香奈子は慌ててハンドルを切り、急ブレーキをかける。）

香奈子　ま、まさか！

（車のドアを開け、雨の中に飛び出し、震えながら車の周囲を回る。二、三周してから、びしょ濡れになり、当惑の表情で運転席に戻り、頭を垂れ、ため息をつく。再び稲光と雷鳴。フロントガラスに滝のように雨が流れる。）

香奈子　車に傷もないし、誰もいない。気のせいだったのかしら？　でもわたし、確かに人間の顔を見たような……。

＊　　＊

（香奈子のマンションのリビングルーム。窓が稲光で青く光る。香奈子は打ちひしがれた様子でソファに座っている。）

香奈子　なんて嫌な夜！

（突然雷鳴とともに部屋が真っ暗になる。慌てて手探りで懐中電灯を取り出す。）

香奈子　ああ、今度は停電、ひどすぎるわ、あんまりだわ！

（その時かすかにドアをたたく音。はっとして懐中電灯を握り締め、立ち上がる、だが半信半疑で。）

香奈子　何よ一体？　今度は訪問者？　こんな夜に……。

（ドアをたたく音は執拗に続く。時折間を置いて、だが終わることなく。ついに意を決して玄関へ進む。のぞき穴をのぞき、ぎょっとする。）

香奈子　ウソ！

（再びノックの音、そしてかすかな声。）

訪問者　マドモワゼル、マドモワゼル、パルドン。

（香奈子、怯えながら、チェーンをかけたままのドアを開く。その時また稲光と雷鳴。その閃光を浴びて、訪問者の顔が浮かび上がる。青ざめた外国人の男性。）

訪問者　マドモワゼル、パルドン（以下フランス語で）。このような時刻に突然伺い、申し訳ありません。ですが、やむを得ず……。

（香奈子、しばし凍りついたように立ちすくみ、それから運命に打ち負かされたようにドアを開く。）

香奈子　ムッシュ、ひょっとして、先程私の車で？

（訪問者、闇の中で黒い影となって語り続ける。）

訪問者　申し訳ありませんでした。私が不用意にもマドモワゼルの車の前を横切ろうとしたのです。考えごとをしておりまして。お詫びをしなければならないのは私のほうで。

香奈子　（震えながら）あの……お怪我をなさっているのでは？

訪問者　いえいえ、怪我など致しておりません、どこにも痛みはありません。

（この時また稲光が閃き、かすかに微笑む訪問者の顔を一瞬浮かび上がらせる。降りしきる雨にびっしょり濡れ、白に近い色の金髪が頭に張り付いている。）

香奈子　本当ですか？　でも確かにあの時、わたしの車に！

訪問者　マドモワゼル、どうぞご心配はなさらずに。ただこのように伺いましたのは、実は……ちょっと大切な物をなくしてしまいまして、もしかしたらマドモワゼルが所在をご存じかと。

香奈子　何をなくされましたの？

（香奈子の懐中電灯の光の中に再度訪問者の青ざめた顔が浮かぶ。）

訪問者　かつらです、私の。

香奈子　（戸惑って）かつら？　いえ、そのような物は。

訪問者　ではマドモワゼルはご存じないのですね？　でも、私は見たのです。私のかつらが頭から落ちて、マドモワゼルの車の下に確かに飛び込んだのを。

香奈子　（狼狽しながら）まあ！　わたしは一応車の周囲を見たつもりでしたが、なにしろ暗かったので……。では今すぐしっかり見てみましょう。あいにく停電で、エレベーターが動きません。階段を下りなければなりませんが。

（香奈子は訪問者とともに、階段を下り、地下の駐車場へ向かう。二人は香奈子の懐中電灯の光を頼りに車の周囲を身をかがめて探す。）

訪問者　あ、やはりありました！
香奈子　えっ？　本当ですか？
（訪問者は車の前輪の間から白い丸い物を引っ張り出す。香奈子は慌ててそれを懐中電灯で照らす。明らかにかつら。だがすっかり濡れてどす黒く汚れている。訪問者は愛しそうにそのかつらを手に取るが、間もなくため息をつく。）
訪問者　ああ、こんなになってしまった！　これでは私が針と糸で修理するのはとても無理だ……。
香奈子　すみません、本当に申し訳ありません！　わたしのせいで！　なんとか綺麗にしなくては！
訪問者　また綺麗になるでしょうか？　このあたりにペリュキエ（かつら屋）はおりますか？
香奈子　探せばなんとか、あるいはきっと美容院でやってくれるでしょう。わたしが必ず綺麗にしてお返しします！　お許し下さい！

訪問者　もうよろしいのです。過ぎたことですから。
香奈子　それより病院へいらっしゃらなければ！　きっとお怪我をなさっているはずですわ。これからすぐに！
訪問者　（慌てて）いえいえ、マドモワゼル、大丈夫です！　それはお忘れ下さい。それに私は今世紀の医者はどうも苦手で……。
香奈子　は？　今世紀？
訪問者　ウイ（はい）。少し休めばなんでもありません。
香奈子　あの、どちらにお住まいで？　これからお帰りになるのでは？
訪問者　それが……ちょっと頭がボーッとしておりまして、いえ、怪我はしておりませんが。
香奈子　頭？　頭を打たれたのでは？　そ、それは大変ですわ！
訪問者　いえいえ、それは私にはあり得ません、絶対に！　ただ、思い出せないのです、自分のことが。
香奈子　いけません！　今すぐ救急病院へ行かねば！
訪問者　（断固として）病院へは行きません。ご覧下さい、私は何でもない！　きっと雷のせいでしょう。少し休ませて下されば、多分すぐ思い出せます、何もかも。

香奈子　（しばし戸惑ってから）ではともかく、わたしのうちにお寄り下さいませんか。お疲れでしょう、それにひどく濡れていらっしゃるようだし。
訪問者　マドモワゼル、メルシーボクー。ご迷惑でなければ、せめて衣服が乾くまで。
香奈子　わたしこそ大変なご迷惑を！　どうぞ気楽にお泊り下さい。停電で真っ暗なんですが、なんとか致しますわ。
訪問者　私は暗闇には慣れておりますから、ご心配なく。

（香奈子、懐中電灯で床を照らしながら訪問者をエスコートし、階段を登り、自分のマンションに招き入れる。外では雨音が少し静まり、雷鳴が遠ざかる。その時突然明かりがともる。）

香奈子　あらっ！　電気が通じました、よかったわ！

（明るくなったリビングで初めて訪問者の姿が明確になる。丸顔で額が広く、あどけなさが残る童顔、長い金色のまつ毛の下に輝く澄んだ緑色の瞳、少ししゃくれ上がった鼻、きりりと引き締まった唇、ほほにはアバタらしい凹凸が見られる。雨に濡れてはいるものの、目の覚めるような青い上着を着込み、レースの縁取りのワイシャツと白い半ズボン、白い靴下を身に着け、バックル付きの靴を履いている。それは十八世紀のヨーロッパの貴族の姿。香奈子は目を見張る。）

訪問者　（香奈子の驚いた顔を見て）おう、マドモワゼル、パルドン！　靴を脱ぐのを忘れていました。

（訪問者は玄関に戻り、ぎこちない手つきで靴を脱ぐ。）

訪問者　この習慣はどうもなかなかなじめないのですが、パルドン、アンコール！

香奈子　（我に戻って）あの、そのお姿は？　それより、お名前をまだ伺っておりませんでしたわね。どちら様でしょうか？

訪問者　（首をかしげ、じっと考える。困ったように）デゾレ（申し訳ありません）、それも思い出せないのです。

香奈子　ええっ？　いけませんわ、やはり今すぐ病院へ！

訪問者　（断固として）病院へは行きません。衣服が乾いたら、すぐ失礼します。お騒がせして本当に心苦しい限りです。

香奈子　（しばし思案の後）分かりました。では浴室をお使いになってシャワーをどうぞ。それからバスローブがあります。男性用の（慌てて付け加える）、いいえ、来客用のが。

訪問者　本当にご迷惑ではないのですか？

香奈子　とんでもない！　わたしの過失です、何もかも。どうぞこちらでごゆっくりお休み下さい、わたしのたってのお願いです。

＊　＊

（白いバスローブに身を包んだ訪問者が、浴室の入り口で控えめにたたずむ。香奈子はリビングのソファにかいがいしくシーツを敷き、ベッドを作り、意を決した様子で訪問者に顔を向ける。）

香奈子　ムッシュ、わたし決心しました。あなた様のかつらを台無しにしたのもあなた様のご記憶を失わせたのも、すべてわたしがしでかしたことです。何もかもわたしの責任です！　ですから、その罪の償いをさせていただきたいのです、是非。

訪問者　いいえ、マドモワゼル、どうぞそのようにご自分を責めないで下さい。私がついぼんやりと……。

香奈子　いいえ、わたしの過失です。事故の賠償はきちんとさせていただきます。それから今夜はとりあえずわたしの寝室をお使い下さい。わたしはこのリビングで休みます。

訪問者　マドモワゼル、お心遣い深く感謝いたします。しかしお心だけで結構です。そこまでご好意に甘えることはできません。断じて！　私がこのリビングで休ませていただきます。そして明日朝失礼します。

香奈子　（ふと気づいて）ムッシュ、そのお首はどうかなされましたの？

訪問者　私の首が何か？

香奈子　お首の周りがなんか赤くなっているような……いえ、赤い線のようなものが……。

（訪問者は壁の鏡をのぞき、慌ててバスローブの襟を立てる。）

訪問者　いえ、これは……ああ、思い出せない。でもなんでもありません、何も感じませんから。

香奈子　（不安げに）もしやあの事故で？

訪問者　いえ、違うと思います。以前からあったような……多分アザか何かでしょう。ご心配なく。

香奈子　アザ？　そうですか……ではまずご記憶を取り戻していただかなくては。それまでどうぞわたしのところにおとどまり下さい。わたしが必ずやムッシュのお心に過去を呼び戻してごらんにいれます。

（思わず訪問者の両手を握り締めるが、一瞬たじろぐ。）

香奈子　まあ、なんと冷たいお手！　冷えてしまわれたのですね。いけませんわ、早くお休みにならなければ。

（訪問者は無言のままソファに身を横たえる。香奈子は母親のように彼を毛布で包む。）

香奈子　わたしの車とか雷とか、さぞ恐ろしい思いをなさったことでしょう。何もかもお忘れになってゆっくりお休み下さいませ。

（リビングの明かりを消して、自分の寝室へ向かうが、ドアのところで立ち止まり、振り返って訪問者をしばらくじっと見つめる。）

＊　＊

（香奈子の寝室。朝日がカーテンを通してベッドにふりそそいでいる。香奈子、目覚める。まぶしげに目をしばたたくが、突然身を起こす。）

香奈子　あらっ！　今何時？（目覚まし時計を見てびっくりする！）いけない、寝坊しちゃったわ！　でもなぜ目覚まし時計が？（時計を手にとって）うわあ、鳴らないようにしたままだったわ、まいったあ！

（ベッドを飛び出し、大慌てで洗面所に飛び込む香奈子。だが洗濯機の傍らに吊るされた昨夜の訪問者の衣服とかつらを見つけ、足音を忍ばせてリビングへ入り、ソファの上で眠っている訪問者を確かめ、しばし思案してから電話に向かう。）

香奈子　もしもし？　里美？　香奈子よ。ごめん、夕べ事故っちゃったの……ううん、大したことないわ、ご心配なく。ただ少し後始末があるんで、今日は休暇とらせていただきたいの、迷惑かけちゃってごめんなさいね。皆さんによろしく……え？　警察？　ううん、そんなんじゃあないのよ、大丈夫。じゃまたね。

（普段着に着替えた香奈子、オレンジジュースとトーストとコーヒーポットを用意し、眠っている訪問者の傍らのテーブルの上に並べる。それから彼の衣服とかつらを袋に詰め、駐車場へ降りる。再び自分の車のボディを細かく調べる香奈子。しかし何の傷痕もない。ほっとして運転席に入り、袋を助手席に載せてエンジンをかける。）

＊　　＊

（美容院で）

香奈子　（美容師に）このかつら、元に戻りますか？　ちょっとした事故で道路に落ちてしまって、いえ、車体の下に引っかかっていたらしいのです。その、舞台用みたいなんですが。

美容師　少し裂けている箇所があるので修理が必要です。少々お時間がかかりますが、よろしいですか？

香奈子　（ちょっと考えてから）丁寧に修理お願いします。持ち主にはその間ずっと滞在してもらえばいいわ。

（香奈子、車に戻り、今度はクリーニング店へ向かう。）

（クリーニング店で）

クリーニング屋のマダム　まあ、綺麗なコスチューム！　どれも絹ですね。
香奈子　絹ですって？　やはりコスチュームですよね。舞台衣装かしら？
クリーニング屋のマダム　お知り合いの俳優さん？
香奈子　それが……よく分からなくて。いえね、ちょっと事情がありまして、わたしのせいでこんなに濡れてしまいました。綺麗にしていただけますか？　絹なら最高級のクリーニングでお願いします。
クリーニング屋のマダム　かしこまりました。お任せ下さい。十日ほどいただければ。
香奈子　（思案しながらつぶやく）十日間ですか。それでは、その間に着る代わりの服が必要になるわねえ。
クリーニング屋のマダム　は、何か？
香奈子　いいえ、ちょっと……ではよろしくお願いします。

（香奈子は車を発進。今度はスーパーに駐車。店の中に消える。間もなく大きな袋を持って現れ、車に戻る。その袋を後部座席に置こうとして驚く。座席はびっしょり濡れていて、そこに黒い革の書類入れと、レースの縁取りのある巾着のような袋が置かれている。）

香奈子　一体どうして濡れているの？　何これ？（香奈子は手を伸ばしてその袋を取り上げ、中身を取り出す。それは銀縁の丸い小さな緑色のレンズの眼鏡、縫い針と数種の糸のソウイングキット、そして中心が陶器製のバラの花模様のコンパクト、ふたを開けるとパフと白い粉が入っている。）変だわ、わたしのじゃない……。

（遠くで正午を知らせるチャイムが響く。香奈子は車を発進させる。）

＊　＊

（香奈子の車が地下駐車場に入っていくと、白いローブに身を包み、そのフードですっぽり頭を覆った男がどこからともなく現れる。首にバスタオルを巻きつけている。ぎょっとする香奈子。）

白いローブの男　（フランス語で）マドモワゼル、私です。また驚かせてすみません。

香奈子　まあ、ムッシュ！　こんなところで一体何をなさっておいでなのですか？　風邪を召されては大変です！

訪問者　マドモワゼルをお待ちしていたのです。私は大丈夫です。それよりどうしても気になりまして……マドモワゼルにお詫びをしようと。

香奈子　くどいようですが、お詫びをしなければならないのはわたしですから。どうか償いをさせて下さい。

訪問者　いいえ、実は、お車の後部の座席をひどく濡らしてしまいました！

香奈子　（驚いて）え？　ムッシュが？　それはどういう……

訪問者　夕べ私が乗ったからです。

香奈子　大したことではありませんわ。すぐ乾くでしょう。（急に気づいて）それより、わたしの車にお乗りになったってどういうことですの？

訪問者　私のかつらはこの車のどこかにある、と信じました。なので急いで乗り込みました。失礼の段深くお詫びします、それから……。

香奈子　（訳が分からず沈黙している）

訪問者　そこに書類入れと小物入れがありませんでしたか？

香奈子　ええ、こちらにありますよ。一体どなたのものかと考えておりました。

訪問者　はい、それは私の持ち物です。保管しておいて下さり、メルシーボクー！

（訪問者はその二点の忘れ物を抱える。）

香奈子　（相手の慇懃さに戸惑いながら）いいえ、別に保管しておいたわけでは……とにかく早くお部屋に入りましょう。お体にさわります。

訪問者　恐縮です。

（香奈子はエレベーターへ向かう。エレベーターの前で立ち止まる訪問者。）

香奈子　どうなさいましたの？

訪問者　私はエレベーターは苦手です、まるで牢獄のようだ。

香奈子　牢獄？　まあ、面白い連想ですこと。でもそれでは階段を登らなければなりませんでしょ？

訪問者　そうですね、マドモワゼルは少々大変でしょうね。ではどうぞエレベーターで。私は階段で上がります。

香奈子　ムッシュ、本当に？

訪問者　こんな恰好なので人に見られては……では後ほど。

（訪問者はそのまま階段の方向に消える。）

香奈子　エレベーターが苦手なんて変わった方……それとも事故のショックでおかしくなっちゃったのかしら？

（香奈子、荷物を持って一人エレベーターに乗り込む。）

＊　　＊

（香奈子のリビングルーム。訪問者が身を横たえていたソファの脇のテーブル上には、トーストが手をつけられずに残っている。香奈子はいそいそとスーパーの袋を開け、中から男性用の新しいトレーナーを取り出す。）

香奈子　ブルーの色がお好きみたいだから、きっとこれでいけるわ。

（ドアのチャイムが鳴る、香奈子はドアを開ける。間もなくバスローブ姿の訪問者が現れる。）

香奈子　ムッシュ、トーストはお嫌いでしたか？　お詫びしなくては。

訪問者　いえ、ただ私はトーストはいただきません。

香奈子　まあ、ではジュースとコーヒーだけでよろしかったんですか？

訪問者　はい、ご馳走様でした！　大変美味しいオレンジジュースでした。

香奈子　オレンジジュースがお好きなんですね？　これは私の手作りなんですよ。

訪問者　ところで私のかつらと衣服はどうなりましたか？

香奈子　かつらは美容院に預けました。少々時間がかかるそうですが、綺麗にしてくれるそうですよ、ご安心下さい。それからお召し物のほうはクリーニング店へ預けました。材質がとても高級な絹なので、十日ほどかかるそうです。

訪問者　（顔を曇らせる）十日間もかかるのですか？

香奈子　でもご安心下さい。わたしが、当面楽に着ていただけるものを用意いたしました。色は青です、いかがでしょうか？

（今しがた買ってきたトレーナーを広げて見せる。訪問者は一瞥してから、無言でソファに座り込み、手を額に当てる。）

香奈子　ムッシュ、お気に召しませんかしら？

訪問者　マドモワゼル、お心遣い感謝致します。でもどうぞそのようにお気を遣わないで下さい。十日間かかるというのならやむを得ません、待ちましょう。ただ、その衣服は、ちょっと……。

香奈子　ちょっと……なんでしょうか？

訪問者　その……私に似合いそうもない。

香奈子　あら、そうでしょうか？　それは大変失礼を！　でも、わたしはお似合いだし、恰好いいと思ったのですが……。

訪問者　ご迷惑をおかけして申し訳ありません。ですが、私はこのローブのほうが身になじむようで。

香奈子　（しばし考えた後）分かりましたわ、クリーニング屋にはなるべく急ぐように頼みます。それから、とりあえず部屋着風のガウンを探してみますわ。

訪問者　本当にいたみいります、何もかも。
香奈子　あら、もうこんな時間に！　すぐランチの準備をさせていただきます。ムッシュはどのような物がお好きですか？　ここは日本なのでフランスのようにはいきませんが、出来る限り美味しいメニューを。
訪問者　メルシーボクー。一つだけお願いが。
香奈子　どうぞなんでも。
訪問者　オレンジジュースをお願いしたいのです。
香奈子　もちろんご用意出来ますわ。メインはどのような物を？
訪問者　ノン、メルシー。オレンジジュースをいただければ。
香奈子　ジュースだけですか？　他に何も？
訪問者　リヤン（何も）。
香奈子　もしや食欲がおありにならないのでは？
訪問者　いいえ、私にはオレンジジュースで十分なのです。
香奈子　（しばらく首をかしげてから）分かりました。ああ、それではワインはいかがですか？
訪問者　（にっこりと微笑む）恐縮です。フランスの赤ワインがありましたら、少々いただきます。

香奈子　はい、ございますわ。では乾杯をしましょう。

訪問者　乾杯？　何にでしょう？

香奈子　わたしのもとに訪れてくださった素敵なフランスのお客様のために！

（その時携帯の着メロが流れ始める。香奈子、ハンドバッグから携帯を取り出す。）

香奈子　もしもし？　あら、モンシェリ！　（急に声をひそめて）夕べは泣き喚いちゃってすみませんでした……いえ、大丈夫です、ただちょっと事故ってしまって……あ、そうじゃなくて、事故ったかと思ったんですが、どうも気のせいだったみたいで……え？　来週の？　ええと、たぶん大丈夫だと……そう、償ってくださるの？　嬉しいわ、実現祈っています。でも、どうせまた奥様がどうのこうのと……そうですか、では一応楽しみにしておりますわ。わたしの体？　いえ、怪我なんかしていません。ただちょっと事故の後始末が、いいえ、事故じゃなかったんですが、とにかくもう大丈夫です。では必ずお会いできますように！

（嬉しそうに携帯を切り、訪問者に）失礼しました。そのう、ちょっと事情がありまして……昨日今の電話の人に、楽しみにしていたデートをキャンセルすると言われまして、凄く頭にきちゃいまして！　あの時は彼を自宅に送った帰り道でした。時々こういうことが。忙しい方だから仕方ないんですけれど、それはよく分かっているんですけれど、やっぱり……でもとても素敵な方なんです。あら、失礼致しました、関係のないお話を。さあ、ランチの準備にかからねば！

香奈子と里美

（喫茶店のテーブルに香奈子と友人の里美が座っている。かたわらには香奈子の携帯が置かれている。）

里美　そう、あれがそのフランス人だったってわけね。香奈子が携帯に出ないから、マンションに電話したらやっぱり出てくれない。それで電話切ろうとしたら突然男性の声で、「アロー、アロー」と言って、「マドモワゼル・ネ・パ・ア・ラ・メゾン」（マドモワゼルは不在です）ですって。驚いたわよ！　きっとお留守番のつもりだったんでしょうね。

香奈子　ごめんなさいね。携帯はこの通り持っていたわ。でも、色々モンシェリとメールやっていたの。

里美　で、香奈子は、あのフランス人を車ではねたと思っているのね？

香奈子　分からないのよ。だってあの方、どこにも怪我をしている様子はないし、車にも何にも傷がついていないんですもの。でもやっぱりわたしの車が原因で記憶を失ったんだと思うのよ。だから、せめて記憶が戻るまで、もう少しわたしのうちにいてもらおうと。

里美　彼、独身？

香奈子　左手の薬指には指輪をしていないから、たぶん……。

里美　一体どんな職業の人なのかしら？

香奈子　俳優だと思うんだけど。

里美　大丈夫かしらねえ？　変な人じゃないかしら？

香奈子　これは女の勘なんだけど、あの方、たぶんいい人だと思うわ、そんな気がするの。っていうか、超真面目人間みたい、少し変わっているけど。

里美　お食事も作ってあげているのね？

香奈子　それがね、何も食べないのよ、パンもチーズも卵焼きも。ただ飲み物だけ。オレンジジュースは大好きとかでしょっちゅう飲んでいるわ。だからオレンジをたくさん買ってきてジュースにしているの。

里美　へええ、じゃきっとサプリを飲んでいるんだわ。最近そういう人多いらしいから。

香奈子　そうか、サプリね。それはそうと、里美のわたしへの電話って何だったの？

里美　あら、忘れちゃったの？　あたし達今日、日仏交流会館の図書室で一緒にスタディする約束だったでしょ？　その打ち合わせをしようと思ったのに。

香奈子　あら、ごめんなさい。すっかり忘れていたわ、色々あって。

里美　ああ、さようでございましたか。どうせ、アマンとのお付き合いでご多忙でしょうよ！

香奈子　いえ、ご多忙なのは彼の方よ。この前またデートキャンセルされて、それもね、奥さんの結婚記念日忘れていたんですって！　もう絶対許さない、今度こそ別れるって思った！　だけど、次のデートの確認メールが来たのよ。それでわたしの心、あっという間に溶けちゃったわ。やっぱり彼、わたしを愛しているのよ。今地獄から浮かび上がって、とても幸せなの。だからしばらくそっとしておいてほしいわ。

里美　それはお邪魔を致しまして、デゾレ！　でもね、義務は義務よ。あたし達はフランス歴史研究会の会員として、自分達の課題をしっかりこなして、パリ祭の日に発表しなければいけないのよ！

香奈子　そうだったわよね。それで里美は王妃マリー・アントワネットのクジを引いたのよね。ラッキーだったわね。

里美　おかげさまでね。美男子フェルセン伯爵との不倫の恋、胸がわくわくするわ！

香奈子　いいわねえ！

里美　（香奈子の表情を窺いながら）秋川君はフェルセンよ。

香奈子　あいつ、ナポレオンをやりたかったとかで、ちょっとがっかりしていたみたいだけど。

里美　ところで香奈子の研究課題は、まさかお忘れじゃないでしょうね？　ロベスピエールよ。

香奈子　（気が重そうに）あの人物って何かイメージが暗過ぎるし、花がないんだなあ……ねえ、課題取り替えっこしない？　わたしマリー・アントワネットについては色々本を読んだり、映画やベルバラ見たりで、結構詳しいのよ。

里美　あたしだって詳しいわ、駄目よ、駄目！　第一、あなた、この間言ったじゃない、ロベスピエールはそんな極悪人ではなかったような気がするって。だったら、彼の弁護士やればいいじゃない。

香奈子　そうねえ、でもわたし、今はモンシェリのことだけ考えていたいの。

里美　じゃあ、研究発表どうするの？　香奈子はロベスピエールの係なの。自分の義務はしっかり果たすべし。いいこと！
香奈子　七月十四日までに何とかレポートをみつくろえばいいんでしょ？　分かっているわよ！　まだ三か月以上あるわ。だからもうしばらく邪魔しないでよ。せめて今度のデートが終わるまで。お願い！

（香奈子、里美に手を合わせる。里美、あきれた、という様子で。）

里美　香奈子ときたら、アマンのこととなると、有頂天になったり、怒ったり泣いたり……疲れるのよね、こっちは。まあ、気が済むまで、せいぜいアマンにサービスするといいわ。ただねえ……。
香奈子　ただ、何？
里美　あのアマンは確かに素敵よ。だけど、本当に将来香奈子のことを幸せにしてくれるタイプかしら？
香奈子　わたしは今とっても幸せよ！
里美　今はそうかもしれないけど……ねえ、秋川君のことはどう思っているの？　あたしのお見受けするところ、彼は香奈子にぞっこんだわ。

香奈子　ああ、あいつね。あの眼鏡坊や、彼はいい奴よ、年下の男の子ってところね。

里美　あたし、彼に相談されたのよ。香奈子は自分のことをどう思っているのだろうとか、自分はこれからどうしたらいいのだろうとかね。真剣に悩んでいるみたいよ。香奈子、彼のこと嫌いじゃないんでしょ？

香奈子　まあ、気楽だし、付き合うには不快な奴じゃないわ。でもそれだけよ。モンシェリみたいに胸ときめかせてくれるものが何もないわ。わたしが何かしたいって言うと、何でもＯＫなのよね。

里美　やさしいじゃないの！　香奈子を幸せにしようって一生懸命なのよ。彼ならきっといいハズバンドになると思うけどなあ。

香奈子　（ぷっと吹き出して）あらっ、あの坊やと結婚しろって言うの？　あれが里美のタイプなの？　じゃあ、あなたが結婚してあげれば？

里美　冗談じゃないわよ！　あたし、友達のボーイフレンドを奪うほど落ちぶれてはいないわ。それより、とにかく宿題はちゃんとやってね。後で助けてなんて泣きつかれても、あたしは絶対助けませんから！　じゃあ、せいぜいアマンとお楽しみなさいな。アビヤント（さよなら）。

（香奈子、携帯の画面にうっとりと見入り、物思いにふける。）

バーのソワレ

（夜、香奈子のリビングルーム。滞在者が、エレガントな刺繍の縁取りが付いたブルーのガウンをまとい、ソファに座ってぼんやりとテレビを見ている。ガウンの青い襟の間に、白い喉の上の赤い線が首飾りのようにくっきりと浮き出ている。香奈子が大きな赤いスポーツバッグをぶら下げながら入ってくる。日焼けした顔、髪が乱れているが、浮き浮きとした様子。）

香奈子　ムッシュ、ボンソワール！　帰りが遅くなってすみませんでした。お選びになったそのガウン、とてもお似合いですわ！

滞在者　メルシーボクー！　しかし、コンピューターというあのマドモワゼルの機械の画面で買い物が出来るとは、なんと驚くべきことでしょう！
香奈子　インターネットですわ。ところで、ご用意したお夕食お気に召しましたかしら？
滞在者　はい、オレンジジュースをいただきました。メルシーボクー！
香奈子　またジュースしか召し上がらなかったんですか？　いけませんわ。それにあのお食事、わたしが心を込めて作りましたのに。
滞在者　それはヴレマン・デゾレ（まことに申し訳ありません）。でも私はオレンジジュースで十分なのです。
香奈子　お一人にしてしまってご免あそばせ。ああ、そうですわ、これから飲みに行きませんこと？
滞在者　マドモワゼルのお夕食はおすみなのですか？
香奈子　はい、もう……でも今夜は飲みたい気分なのです。自分のために乾杯したいのです！
滞在者　何か素晴らしい出来事でも？
香奈子　（上気でほほを赤く染めながら）はい、もちろん！　是非わたしのお話聞いて下さいね。あ、お召し物が部屋着ではちょっと……そうそう、わたしのアマンの背広が一着置いてあります。それにお着替え下さいませ。さあ、出かけましょう！

＊　　＊

（やや暗めの照明のバーのカウンターに香奈子と滞在者が並んで座っている。彼らの前でバーテンダーがしきりに腕を振ってカクテルを作っている。滞在者は少し大きめの紺の背広を着せられ、居心地悪げに、時々周囲を見回す。）

香奈子　こういう場所はお好きではありませんか？

滞在者　あ、いえ、そういうわけでもないんですが……余り慣れておりません。

香奈子　でも、ムッシュは俳優さんのはずですわ。だからバーには年中おいでになっていたことでしょう。何をお飲みになりますか？

滞在者　オレンジジュースかミネラルウォーターを。

香奈子　いえいえ、たまには違うドリンクをお勧め致しますわ。オレンジ・フィズなんていかが？

滞在者　いいえ、ジンは余り好みません。

香奈子　そうですか。（ふと思い出して）ではワインにしましょうよ。ワインは召し上がりましたわよね、赤の。

滞在者　はい、それではグラス一杯のみ。

（二人はグラスを傾ける。香奈子はあっという間に飲み干す。）

香奈子　（バーテンダーに）いつものようにマンハッタンを作っていただけません？

バーテンダー　承知いたしました！

香奈子　今夜は是非、強くて甘いものをお願いします！（じっと滞在者を見つめながら）その背広、結構お似合いですよ。何か彼と一緒にいるみたいですわ。

（バーの隅で甘いメロディのピアノの演奏が始まる。香奈子、うっとりと聞き入る。）

香奈子　ムッシュ、ピアノはお好きですか？

滞在者　嫌いではありませんが、どちらかというとクラヴサンのほうが耳によく馴染むようで……。

香奈子　まあ、ムッシュはクラシックなお好みなんですね。

（香奈子、ピアノのメロディに合わせてハミングする。）

滞在者　マドモワゼル、今夜はとてもお幸せそうですね！　ラ・メールはいかがでしたか？

香奈子　最高でしたわ！　穏やかで、さざ波がちりばめられた宝石のようにきらめいていました。風を一杯にはらんだ真っ白な帆の下で、わたし達二人きりでカクテルを飲みましたのよ。

滞在者　カクテルがお好きなんですね。

香奈子　あら、セーリングもちゃんとやりましたわ。もっとも彼はシングルハンド（一人乗り）でも乗りこなすヨットマンですから、わたしなんかほとんど乗っているだけなんですけどね。それから午後、静かな岬の陰にアンカーリング（投錨）して……。

滞在者　お友達の方はヨットマンなんですか？

香奈子　（ほんのりと赤く染まった顔で）ムッシュ、お友達ではありません。アマンです！

滞在者　それはそれは……。
香奈子　もうお付き合いして三年になりますの。たまたま友人達の誘いでヨットの試乗会に行った時に出会いました。ある貿易会社の社長さん、とても素敵な方なんです。豪華ヨットのオーナーで、マンションを二軒、外車も二台も持っておられ、フランス語も堪能、ハンサムで背が高くて、ゴルフとテニスがお得意で、お酒は強いし。
滞在者　ではいつかご結婚なさるのですね？
香奈子　いえ、それが……ああ、ムッシュには何でもお話出来るような感じになっちゃいましたわ！　実は彼、結婚しているんです。
滞在者　（驚きながら）は？
香奈子　つまり不倫ですわ。でもわたし達、ずっと深く愛し合っているんです！　それで今日彼がヨットの上で、いずれ奥様と離婚して、わたしと結婚するつもりだ、とそう言ってくれたんです！　奥様とは会社のための愛のない結婚だったそうで、以前ご自宅にお招きを受けたことがあるんですが、きつくて凄くプライドが高そうな方でした。
滞在者　それでマドモワゼルは、その未来のご結婚の時をじっとお待ちになっているというわけなのですか？

香奈子　そうねえ、まあ本当のことを言えば、どうなるか分かりませんけど、でも、わたしは彼の愛を信じています。彼はわたしを必要としているんです。奥様が与えられない何かをわたしが差し上げて彼をあたためてあげたいんです。そう、彼の中にあるわたしの小さな王国を大切にして、育てていきたいんです。それがどんなに小さな王国でも、愛があるから。愛がすべてです！　それっていけないことでしょうか？

（滞在者、無言でワイングラスを見つめている。）

香奈子　あら、ちょっと酔っ払ってしまったわ。こんな打ち明け話をしてしまって、エクスキュゼ・モワ、ムッシュ！　お話聞いて下さってメルシーボクー。
滞在者　ジュヴザンプリ（どういたしまして）。もうこんな時間です、そろそろ帰りましょう。マドモワゼルは明日お仕事でしょう？
香奈子　ああ、そうでしたわ。でもわたし、今週は幸せな気分で働けそうですから、大丈夫です。友達が「日焼けしているわね、また彼と？」って羨ましそうに言うわ、きっと！　ええと、最後に何か一杯いただこうかしら？

滞在者　いけません、マドモワゼル、もうお帰りにならなければ。

香奈子　はいはい、お兄様！

（香奈子、にっこりと笑ってから、夢見心地の表情で席を立とうとして、よろめく。滞在者、慌てて支える。）

ヨットハーバー

（朝、香奈子のリビングルーム。青い部屋着の滞在者が鏡の前に立ち、白いかつらを被り、時々その角度を調整しては、満足気にじっと鏡の中の自分を見つめている。香奈子がたたまれた衣類を持って現れる。）

香奈子　修理されたかつらはいかがですか？

滞在者　パルフェ！（完璧です）　メルシーボクー！

香奈子　まあ、よかった！　ムッシュのあの夜のお召し物もすっかり綺麗に仕上がってきました。でも、十八世紀のコスチュームでは、外出は出来ませんわ。今日はこちらにお着替え下さいませ。

滞在者　外出ですか？　お仕事があるのでは？

香奈子　いいえ、特別に休暇をもらいましたの。ご心配なく。

＊

＊

（香奈子のマンションの駐車場。香奈子が滞在者を伴って現れる。滞在者はチェック模様のポロシャツ、紺のズボンと白いジャケットを着ている。）

香奈子　（滞在者の服装を眺めて）少しサイズが大き過ぎますけど、なかなか決まっていますよ。これは彼が海に行くとき、よく着るんです。

滞在者　私が着ても構わないんですか？

香奈子　もちろんです、そんなことお気になさらないで下さい。ムッシュが彼の服を着て下さると、わたしはとても楽しいんです！　今日はお天気がいいので、是非ヨットハーバーへ行ってみたいんですが、ご一緒して下さいますわね？

滞在者　ヨットに乗るのですか？

香奈子　いいえ、わたし一人では、操縦は無理ですわ。その代わりにハーバーに浮かんでいる美しいヨットを見物しましょう。わたしとアマンの船もご覧にいれたいんです。もちろんそれからクラブハウスのカフェテラスでコーヒーをいただきませんか？
オレンジジュースもありますわ。さあ、どうぞ車にお乗りください。

滞在者　（ためらいがちに）長くかかるのですか？　私はこの乗り物は少々苦手で……箱に詰められて振り回されるような。

香奈子　ムッシュ、何をおっしゃいますの？　しばしばお乗りになっているはずですわ。シーサイドドライブは爽快そのものですよ。きっと何か思い出されるはずです。

（滞在者、気乗りのしない様子で助手席に座る。）

香奈子　シートベルト、ちゃんと締めてくださいね。さあ、出発です！

滞在者　（独り言で）まるで審問の椅子のようだ。

＊　　＊

（海辺のハイウェイ、うきうきとした香奈子の隣で、滞在者は青い顔で目を閉じている。）

香奈子　（ちらりと滞在者を見て）あら、眠っていらっしゃるの？　こんなに素敵な景色なのに。

滞在者　少々気分が……。

香奈子　まあ、デゾレ！　でも、もうすぐ着きますわ。ほら、あそこに二本の椰子の木が見えるでしょう？　あれがゲート、あの木の間を入るんです。

（車は椰子の木のゲートを通過し、広い駐車場に止まる。）

香奈子　潮風に吹かれたら、すぐご気分がよくなりますよ。さあ、降りましょう。

（二人はマリーナに到着する。白い雲が浮かぶ青空と真っ青な海を背景に、白い屋根と外壁のクラブハウスが立ち、前面の湾にはポンツーン（浮き橋）が並び、帆を巻いたたくさんのヨットが舫《もや》われている。）

香奈子　（指差しながら）あそこに見える一番大きなヨット、あれがわたしのアマンの船なんですよ、La vie en rose という名の！

（滞在者、グリーンの眼鏡をかけて、目を凝らす。）

香奈子　ほら、きれいでしょう？　わたし達の愛のシャトーですわ！　真っ白な帆を一杯に広げて、わたし達二人きりで大海原へ出るんです。彼は凄腕の社長、それだけにお仕事上のストレスは大変なものでしょう。海が彼にとって唯一安らぎを得られる場所なんですって。そしてわたしは、この世界でたった一人彼を理解し、彼を真に癒してくれる女性なんですって！　彼は海の上では本当に少年のようになってしまうんです。全身が潮だらけになるような荒海のこととか、大きなシーラを釣り上げたこととか、満月の夜の神秘的なナイトクルージングとか……子供のように目を輝かせてお話しなさるんですよ。彼と一緒にいる時、わたしの中には、なぜか熱いものがみなぎってくるんです。そして絶対に彼をはなすまい、死んでも！　なんて思っちゃうんです。

（恍惚として話し続けながらそのヨットの方に歩いていくが、突然立ち止まる。）

滞在者　どうかなさいましたか？

（香奈子、じっと立ちすくみ、それから急に後ずさりをする。滞在者、戸惑いながら、彼女と彼方のヨットを代わる代わるに眺める。）

香奈子　そんなはずは……でも、あれは確かに！

滞在者　何かおかしなことがあるのですか？

（香奈子は無言のままポンツーンを足早に通り抜け、クラブハウスの陰に身を隠し、それから唇を嚙みながら、ヨットの方をにらみつける。）

香奈子　あの人の船のコックピットに奥さんと子供達が！

滞在者　そうですか。でもご家族なら、別に不思議なことは何も……。

香奈子　（滞在者の言葉をさえぎる）ああ、わたし耐えられない。ムッシュ！　もう帰りましょう。こんなところに一秒でもいたくありません！

（香奈子は走るように、自分の車に戻る。滞在者、ヨットの方を振り返りながら追う。香奈子、苛立った様子で車のドアを開ける。）

滞在者　マドモワゼル、私にはよく訳が分かりませんが、ともかく運転だけは慎重にお願いします！　ダコール（お分かりですね）？

＊　　＊

（香奈子のリビングルーム。香奈子はソファに座り、涙を流している。コーヒーの入ったカップを持って、滞在者が現れる。）

滞在者　マドモワゼル、この一杯のコーヒーで少しでも慰めて差し上げられるなら。

香奈子　メルシー、ムッシュ。こんな見苦しいところをお見せして、ご免あそばせ。こんなはずではなかったのに！　でも、でも……わたし、耐えられなくて！　あのヨットはわたしと彼の、二人だけの愛のお城のはず、彼が何度もそう言ったのです。それなのに奥さんと子供達が、あんなに幸せそうに！　きっと彼はあのキャビンの中に……わたしのことはすっかり忘れて！

滞在者　（しばらくの物思いの後）マドモワゼル、私は意見するような立場ではありませんが、マドモワゼルはそれで本当に幸せなんですか？

（香奈子、答えずに、じっとコーヒーから立ちのぼる湯気を見つめている。）

滞在者　貴女がアマンを愛していらっしゃるのはよく分かりました。しかし、貴女のその恋には余りにも敵が多過ぎるようだ。社会、先方のご家族、そして神！

香奈子　神ですって？　神様なんて関係ありません。それに敵が多ければ多いほど、恋は燃え上がるんです！　彼がそう言いましたわ！

滞在者　時にはマドモワゼルご自身さえもその敵に与《くみ》して、貴女を苦しめているようだ。

香奈子　嫉妬のことをおっしゃっているのですね？　わたしが嫉妬すると、彼は、それこそ愛のあかしだ、それが素晴らしいのだと言います。だからわたしは耐えなくてはならないと……。

滞在者　（何か思い出したように）嫉妬は愛を守ろうとする激しい感情、そして人々の幸福を破壊することになる戦争への警戒心は、人権を守り自由を愛する深い感情、ゆえにその警戒心を中傷してはならない……私は以前このようなことを言ったような気がする……。

香奈子　（滞在者のつぶやきには注意を払わずに）そう、だってわたしは彼を愛しているから、彼の愛がわたしの命だから。でも、あのヨットに奥さんと子供達を招くなんて、なんて残酷な仕打ちなんでしょう！（コーヒーをゴクリと喉に流し込んで）苦い！

滞在者　（慌てて）デゾレ！　私の入れ方が悪かったのでしょう。

香奈子　（我に返って）エクスキュゼ・モワ、ムッシュ！　とんだご無礼を！　いえ、わたし、フレンチコーヒーは大好きです。ただ今日はこんな気分なので。

滞在者　また折を見てゆっくりお話ししましょう。せっかくのお休みなのに、残念でしたね。しかし私は海の景色を十分楽しみましたよ。運転、メルシーボクー。

香奈子　車でご気分が悪くなったのでしょう？

滞在者　はい、少々。でもいくらか慣れました。いつかまた、どこかへ連れて行っていただくのを楽しみに。

（香奈子、力なく微笑む。）

滞在者　やっと笑って下さいましたね。マドモワゼルには笑顔が一番お似合いですよ！

香奈子　ではコーヒーのお返しに、ムッシュにはオレンジジュースをご用意いたしますわ。

（自分に言い聞かせるように）きっと今日のことはみな忘れなくてはいけないのね。

だって、わたし、彼を愛しているんですもの。

滞在者　（一人でつぶやき続ける）嫉妬……愛……戦争……警戒心……自由……嫉妬……。

公園の風景

（朝、香奈子のリビングルーム。ブルーのガウンを身にまとった滞在者がじっとテレビに見入っている。香奈子はテーブルの上に、花瓶にさされた大きな白百合の花を飾る。）

香奈子　日本語ばかりでよくお分かりにならないでしょう？　わたし、出来る限りフランス語に訳してみますわ。ご興味のある番組があったらお教え下さい。

滞在者　いいえ、訳していただいても、なかなか背景が理解出来ませんし、このまま画面を眺めているだけでも、よい気晴らしになりますから。

香奈子　（白百合の角度を考えながら）ムッシュ、綺麗でしょう？　百合はそれほど高価ではないし、強くて長持ちするので、わたし、よく買いますのよ。

（滞在者、浮かない顔をしている。）

香奈子　お花、お好きではありません？

滞在者　好きですよ。ただ……百合は余りなじみがなかったような……。

香奈子　まあ、これはこの国ではとてもポピュラーな花なんですが。

滞在者　つまり……よく思い出せないんですが、好きな花ではなかった、そんな気がしまして。

香奈子　あら、ではこの香りが鼻につくのでしょうか？　そういう方々もたくさんいらっしゃいますから。

滞在者　いえ、香りではなく、その花が象徴する何かが……。

香奈子　（ちょっと困り顔で）分かりました、ムッシュ。きっとこれもムッシュの過去を解き明かすヒントの一つなのでしょう。では、この百合はわたしの寝室に飾ることにします。ご心配なく。ところで、ムッシュはどのようなお花がお好きなので？

滞在者　そのようにお気を遣わないで下さい。ただの私の我儘ですから。

香奈子　いいえ、是非お教えくださいい、わたしのために！

滞在者　（しばらく考えて）ゼラニウム。

香奈子　はい？

滞在者　ゼラニウムです。

香奈子　まあ、可憐なお花ですね。でも、ゼラニウムは切花としては……あれは鉢植えでしょう？

滞在者　そうでしたね。ではバラの花を。

香奈子　バラですすか、じゃあバラの花束をご用意しましょう！

滞在者　いいえ、そのような仰々しいものではなく、一本のバラ、赤いバラをテーブル上に飾っていただけませんか？

香奈子　たった一本？　それはそれで、なかなか素敵なアイデアですわね。承知しました、お任せ下さいね。早速ご用意いたします。それから、ちょうどバルコニーにはお花を置いていなかったので、明日にでもゼラニウムを買ってきますわ。

滞在者　そんなにしていただいては、心苦しい。

香奈子　いいえ、これはわたしのジョワ（喜び）ですから！

滞在者　メルシー、メルシーボクー！（滞在者、うっすらと微笑む。）

香奈子　今日はこれからお花のきれいな公園でご一緒に散歩しませんか？　そのあと「日仏交流会館」という資料館にご案内いたします。わたしはフランス歴史研究会の会員なので、あそこの図書室を自由に使え、わたしのビジターも入れます。フランス語の本がたくさんありますから、ゆっくりお過ごしになってはいかがでしょうか？

滞在者　メルシーボクー！

香奈子　今日の外出のお召し物には、ご希望通りの上下をご用意しました。サイズもぴったりのものを。インターネットで見つけた貸衣装ですが。

滞在者　メルシー。マドモワゼルのアマンの方の衣服では気を遣ってしまいますし。

香奈子　そのようなお気遣いは無用ですよ。彼にはフランスの客人をお泊めしていると言ってあるので、当分こちらには来ませんわ。

滞在者　それに、衣服のデザインが私の好みとはちょっと……。

香奈子　まあ、ムッシュのお気持ちをうかがわず、大変失礼いたしました。それではどうぞお召し替えを！

＊　　　＊

（公園を散歩する香奈子と滞在者。滞在者はオリーブ色の縦縞の背広を着て、白いスカーフを首に巻いている。二人は色とりどりの花壇の間の遊歩道を歩いている。彼方の広い芝生でボールと戯れる子供達、ベンチには女性が座り、編み物をしながら時々子供達を眺めている。別のベンチでは、一人の老人が本を読みふけっている。少し離れた芝生には一人の青年が寝転び、ぼんやり空を眺めている。）

滞在者　なんという平和な光景だろう！

香奈子　公園はお好きですか？

滞在者　はい、かってよく公園に出かけたような気がします。（滞在者、じっと子供達を見つめる）子供達は天使だ。

香奈子　まあ、この頃はそうでもありませんわ。結構な悪ガキがいるみたいですよ。

滞在者　子供が悪くなるなら、それは大人達の責任でしょう。つまり社会が悪いからです。

（二人の傍らを犬を連れた男性が通り過ぎる。滞在者、その犬をじっと見つめる。）

香奈子　犬がお好きですの？
滞在者　はい、昔、犬を飼っていたような記憶が。犬を見ると私の体の一部のような親近感がわきます。
香奈子　まあ、きっと忠犬ハチ公みたいな犬を飼っていらっしゃったのでしょうねえ。
滞在者　ハチ公とは？
香奈子　毎日飼い主の帰りを駅で待っていた犬です。そのご主人が亡くなった後も、ずっと同じ場所で待ち続けていたとか。
滞在者　よい話ですね！　胸が熱くなります。そのような人間がなんと少ないことか！
香奈子　でも、わたしは猫のほうが好きですわ。もしマンションでなければ飼いたいと思っています。
滞在者　猫はエゴイストでサディストだ。マドモワゼルが猫と一緒だったら、私は即座に逃げますよ。
香奈子　猫はその勝手なところが可愛いんです！
滞在者　（ふと物思いに沈みながら）シャ（猫）、シャ、シャ・ティグル……。
香奈子　は？　シャ・ティグル？　豹猫のことですか？

滞在者　（独り言のように）シャ・ティグル、シャ・ティグル、以前私がそのように言われたような……

香奈子　（クスッと笑う）まあ、ムッシュが？　一体どんな方がそのような呼び名を？　でもそういえば、なんとなく似ていらっしゃるような……いえ、失言でした。きっとムッシュが何かの劇でそんな動物を演じられたのでしょう。

滞在者　やはり私は俳優だとお考えで？

香奈子　きっとそうですわ！

滞在者　ですが……この平和でこの上もなくやさしい風景、これが何か私の存在とは余りにもかけ離れているような。もし私が本当に俳優だったなら、この違和感は一体何なのでしょう？

香奈子　違和感があるとおっしゃるんですか？

滞在者　日常の平和、これはまさにその風景でしょう。だが、なぜか私を疎外しているような気がするのです。私はあそこに入っていくことが出来ない。私は、私は……。

（滞在者、額に手を当てながら立ち止まる。）

香奈子　ムッシュ、どうなさいましたか？　お疲れなのでは？
滞在者　私は拒絶されている！　私もベンチに座ってルソーの本を読み続けたい。私もあのように芝生に寝転んで、青い空を眺めていたい。穏やかな黄昏の訪れを待ちながら。なのに……
香奈子　お待ち下さい。今、ルソーと？　ルソーがお好きだったのですか？
滞在者　（両手で頭を押さえる）分かりません、今急にその名が浮かんだのです。ああ、頭痛が……この穏やかな公園は確かに私を追い払おうとしている！
香奈子　（少し慌てて）ムッシュ、気のせいですわ、きっとお疲れなんです。ああ、あそこに小さなカフェテラスが。一休みしましょう。

（滞在者の腕をとって、カフェテラスへ向かう。滞在者、無言のまま従う。公園のカフェテラスのテーブルに座る二人。）

香奈子　ムッシュ、何か召し上がりませんか？
滞在者　（目を閉じたまま）オレンジジュースをお願いします。
香奈子　あの……一つ伺いたいことが。ムッシュはオレンジジュースしか召し上がらない。

ひょっとして食欲が全然おありでないのでは？　何か軽いお食事をとられたほうがよいのでは？　フラフラになってしまわれたら大変ですから！

滞在者　いいえ、私は食事は何もいりません。ただオレンジジュースで結構です。オレンジジュースが私の大好物なのです。それでまた元気になれます。

（香奈子、心配そうに滞在者を眺めてからコーヒーとオレンジジュースを注文する。）

＊　　＊

（香奈子と滞在者が日仏交流会館の図書室の受付の前に立っている。）

香奈子　それではムッシュ、こちらでゆっくりルソーの本をお読み下さいませ。これがわたしの会員証です。これでムッシュも本を借りることが出来ます。

滞在者　お心遣い、本当にいたみいります。で、マドモワゼルはこれからどうなさるのですか？

香奈子　（ぱっと顔を輝かせて）アマンとランデヴーなんですよ！
滞在者　それはそれは、仲直りなさったのですね？
香奈子　わたしが悪かったんですわ。ご家庭をお持ちなんですから、仕方ありませんわよね。でも今日は彼のお台場のマンションで、二人っきりで過ごすんです。彼がそうしたいと！　それからディナー、高級フレンチレストランですって！　ご心配おかけしたみたいですが、わたしは凄く幸せです。
滞在者　彼は……マドモワゼルのアマンは貴女を裏切らないでしょうか？
香奈子　わたしは彼の愛を信じています。愛は信じること、ネスパ（違いますか）？

（滞在者、無言で爪を嚙み始める。）

香奈子　あら、ムッシュはずいぶん可愛い癖をお持ちなんですね！
滞在者　（慌てて）エクスキュゼ・モワ！　また悪い癖が出てしまいました！　ではマドモワゼル、ボナプレミディ（楽しい午後を）！

＊　　＊

（深夜、香奈子のリビングルーム。帰宅した香奈子が部屋の明かりをつけると、部屋着に着替えた滞在者がティテーブルの上に古いフランス語の本を置いて、じっとソファに座っている。ぎょっとする香奈子。）

香奈子　まあ、ムッシュ、ボンソワール！　こんな真っ暗なお部屋で一体何をなさっておいでで？

滞在者　この本を読んでおりました。

香奈子　えっ、明かりもつけずに？

滞在者　私は真っ暗闇でも物が見えるのです。

香奈子　まさか！　わたし、こんなに遅くなってしまって、デゾレ、でも起きていらっしゃらなくてもよかったのに。

滞在者　ちょっと心配だったので。

香奈子　心配って、一体何をですの？

滞在者　マドモワゼルのことが……ひょっとして、また何かあったのではないかと、また傷つかれていらっしゃるのではないかと……。

香奈子　わたしが？（朗らかに笑う）。そんなに心配して下さって、メルシーボクー。でもわたしはルンルンですわ、最高に幸せですよ！
滞在者　そうですか、それで安心しました。
香奈子　（テーブルの上の本をのぞいて）この本は？
滞在者　ルソーの『ラ・ヌヴェル・エロイーズ』です。私が借りてきました。
香奈子　やはりムッシュは、ルソーがお好きだったんですね。
滞在者　そのような気がするのですが……ただ、この本はマドモワゼルのためですよ。
香奈子　わたしのためですって？
滞在者　ウイ、この本をお読みになれば、きっとマドモワゼルのお心は癒され、魂は救われるだろうと思いまして！
香奈子　（面食らった表情で）え？　まあ、メルシーボクー。でもわたしは、その本を読む必要なんてありませんわ。わたし、今日彼の愛をしっかり確かめたんです。だから、もう……いいえ、せっかくですから読ませていただきますわ。でも今すぐという訳には……。
滞在者　分かりました。そのマドモワゼルの幸せがずっと続きますように心からお祈りします。今日もまた色々お世話になり、メルシー、メルシーボクー！

香奈子　ジュヴザンプリ（どういたしまして）！　ボンヌ・ニュイ（お休みなさい）、ムッシュ！

（香奈子はルソーの本を持ってベッドルームに入る。）

香奈子　どうしようかしら？　二、三日持っていてその後返したら、ムッシュの目ごまかせるわよね。真面目人間って、これだから困るんだわ！

（香奈子、その本をバッグにしまいこむ。）

第二の訪問者

（香奈子のリビングルーム。部屋の明かりは消され、テーブルの上に数本のロウソクが灯されていて、その中心に一本の真紅のバラの一輪ざしが置かれている。窓ガラスの向こうには満月が浮かび、月光が床を青白く染めている。香奈子と青い部屋着のガウンをまとった滞在者が並んでソファに座り、赤ワインがつがれたグラスを傾けている。）

滞在者　マドモワゼル、今夜もお幸せそうですね。

香奈子　はい、アマンとまた新しいデートの約束が！　間もなく彼のお誕生日なんですが、夜わたし達二人だけでパーティをやることになったんです。

（滞在者、無言でロウソクの炎を見つめている。）

香奈子　ちょっと恐ろしいような気もするんですが。

滞在者　恐ろしいとは、プルクワ（なぜ）？

香奈子　あんまり幸せだからですわ。何か起こるんではないかと、ただ理由もなくそんなふうに……時々思うんです、もっと平穏な恋があるかもしれないのにって。もちろんわたし、彼を深く愛しています。友達もわたしを羨んでいます。香奈子はあの素敵なセレブに選ばれたのねと！　そう言われると嬉しくて。でも本当は、いつも不安なんです。彼はその不安が素晴らしいのだと言いますけど。あの……なぜか分からないいんですが、ムッシュとこんなふうにしていると、心がそれとなく安らぐような気がしますわ。

滞在者　それはこのロウソクのやさしい光のせいでしょう。

香奈子　あら、そうでしょうか？　そうですねえ、ムッシュのおっしゃる通りですわ。揺れる光ってなんてやさしいのでしょう！

滞在者　私は電気の照明は好まない。自然界に存在する光は、みなやさしく揺らめいています。

香奈子　そうですわね。でもムッシュ、例外だってありますよ。この月の光はじっと動きません。まるで凍りついているように。

滞在者　ヴザヴェ・レゾン（あなたは正しい）、そして革命も……。

香奈子　革命？　どういう意味ですか？

滞在者　（じっと月光のさす床を見つめながら）さあ、よく分かりません。ただ貴女が「グラッセ（凍りついた）」と言われたのを聞いて、なぜか革命という言葉が心に浮かびまして……。

香奈子　まるで連想ゲームみたいですね。でもひょっとすると、何か理由が……ムッシュの過去につながる鍵がその辺に。

滞在者　さあ、皆目見当がつきません。それにしても静かな夜ですね。本当に月が美しい！　こんな時間が永久に続くならそれこそ至福というものです……ああ、少しワインがまわりました。今夜はもう大分遅い。マドモワゼルはそろそろお休みにならなければ。

香奈子　ムッシュ、わたしムッシュが記憶を取り戻されることがなくてもいいような気がしますのよ。ずっとこのままでわたしのうちにとどまって下されば、それでいいと、ずっとこのままで！

（哀願するように、じっと滞在者を見つめる。その時ドアのチャイムが鳴り渡る。）

香奈子　あら、誰でしょう、こんな時刻に？

（香奈子はインターフォーンに話しかける。返事がないので、玄関ホールへ歩み、ドアののぞき穴に目を当てる。外には、黒いつば広の帽子を深々とかぶった人物が立っている。）

香奈子　（日本語で）どちら様ですか？

（耳をすます。するとその訪問者は、今度はドアをたたき始める。）

第二の訪問者　（以下フランス語で）マドモワゼル、怪しい者ではありません。こちらに滞在している人物の知り合いの者です。その者に取り次いで下さい。

香奈子　でも、まずお名前をお聞かせ下さい。それでなくてはお取次ぎは出来ません！

第二の訪問者　（イライラした語調で）名を名乗るような者ではない！　私の同志をドア口へ呼んで下さい、早く！

香奈子　同志ですって？

（その時、滞在者が玄関ホールに現れる。）

滞在者　マドモワゼル、なにごとですか？

香奈子　変な男が外に！　ムッシュを出せと！

滞在者　（ドアの穴をのぞく。数回のぞいてから）誰なのかはっきり思い出せないのですが、確かに私が知っている人物のようです。会えば記憶が戻るかもしれません。ドアを開けてやって下さいますか？

香奈子　構わないんですね？

（こわごわドアを開ける。長い黒色のマントに身を包んだ男が通路のあわい光を浴びて立っている。香奈子に無言で会釈し、滞在者に向かう。）

第二の訪問者　ボンソワール、シトワイヤン（市民）。ずいぶん貴方を捜しましたが、やっと見つかりました。一体なんでこんなことをなさるのだ？

滞在者　ムッシュ、申し訳ないのだが、実は私はちょっと記憶障害を患っており……。

第二の訪問者　記憶障害ですと？（帽子の縁を上げ、香奈子を刺すような目で見つめる。くっきりとした眉、鼻筋がとおり、女性と見まがうような美しい面立ち。だが瞳には敵意が満ちている）なんとふざけたことを言われる！　貴方はまたあの悪い性癖にはまっておられる！　まだ懲りないのですか？

滞在者　何の話ですか？　ムッシュ、ともかく私の説明を聞いて下さい。私は本当に思い出せないのです。

香奈子　（慌てて、二人の男の間に割って入る）それはわたしが説明致します。先日、雷雨の夜、わたしがこの方を車ではねてしまったのです。いえ、もしかしたらはねてはいないのかも。でも、それ以来この方は記憶を失ってしまったのです、本当です！　すべてわたしの責任です。幸いにも今少しずつ回復なさっています。ですから、もうしばらくそっとしておいて下さいまし。すっかりよくなられたら、わたしのほうからご連絡差し上げます。その……どなたか存じませんが、電話番号をいただければ。お願いします！

第二の訪問者　（香奈子には耳を貸さず）シトワイヤン、目を覚まして下さい！　こんなふうに貴方が雲隠れしていては、また悪党どもがかま首をもたげる。お忘れか？（それから皮肉っぽく）貴方が女性のお招きに感じやすいことはよく分かっていますが。

滞在者　ムッシュ、それはこちらのご婦人に余りにも失礼な物言いです！　マドモワゼルは真心と善意と責任感によって……。

第二の訪問者　（滞在者の言葉をさえぎる）シトワイヤン、とにかくすぐお戻り下さい。我々のもとへ！　直ちに！

滞在者　しかし貴方の名は？　確かに私が存じている方のようだ。だが、お名前を思い出せない……私は自分の名さえ忘れてしまったのだ。

第二の訪問者　まだそのような戯言《ざれごと》を！　ならばこの私が、貴方の記憶を呼び戻して差し上げよう！

（第二の訪問者、いきなりこぶしを振り上げ、滞在者のあごを殴りつける。）

滞在者　ウウウウッー！

（滞在者、激しいうめき声とともに、よろめき、床にくずれ伏す。香奈子は彼に駆け寄り、かばうように彼の上に身を投げる。）

香奈子　な、何をするんですかっ？　ひどいことを！　警察を呼びます。あなたを逮捕させます！　今すぐ！

滞在者　（苦しげにあごを押さえながら）その必要はありません。

香奈子　なんですって？　この男はムッシュの知り合いなんかじゃないわ。ストレスがたまっている、ただの無頼漢です！　すぐに警察に電話を！

滞在者　いけません！　この男は無頼漢ではない、確かに私が知っている人物です。今やっと思い出しました！

香奈子　えっ？　間違いないのですか？

第二の訪問者　やっと目が覚めたようですね、我が同志よ。貴方が永久に忘れることのないそのあごの激痛によって、我々とのきずなをもう一度胸に刻んで下さい！

（香奈子、訳が分からず、訪問者と滞在者を代わる代わるに眺める。滞在者は床の上でじっと眼を閉じている。）

第二の訪問者　今夜はこれで帰ります。いつかまた参上しましょう。貴方がそれまでにしっかり正気を取り戻され、お気持ちを固められるよう祈ります。ご自身の天命を自覚されて！　マドモワゼル、こんな夜分にお騒がせしました。ご無礼お許し下さい。いずれまた時を改めて。

（第二の訪問者は帽子を深くおろし、すばやく立ち去る。）

香奈子　（我に返って）ムッシュ、大丈夫ですか？

滞在者　（あごを押さえながら、身を起こす）私は思い出した、このあごの痛みのゆえに！　あの男の名も、そして自分が誰であるかも。

香奈子　誰なんです、あれは？

滞在者　サン・ジュスト、私の忠実な同志だ。「革命は凍りついた！」と言い放った男だ。

香奈子　ムッシュ、一体なんの話をなさっているんですか？　しっかりなさって下さい！
滞在者　そして私の名は……私の名は……（苦痛で顔をゆがませる。）
香奈子　何もおっしゃらないで！　今手当てを！
滞在者　手当ては不要です。これは傷の痛みではなく、私の記憶の……私の過去からの……（ふたたび顔をゆがめながら）マドモワゼル、私の名は……聞いておられますか？
香奈子　聞いております！
滞在者　この私の名は、ロベスピエール！
香奈子　なんですって？　今なんと？
滞在者　マクシミリアン・ロベスピエール、三世紀も前にパリで処刑された男です……。

（滞在者、意識を失って床に倒れる。）

＊　　＊

（香奈子のリビングルーム。テーブル上には今もロウソクが灯っている。滞在者はソファの上にぐったりと横たわり、肘掛に頭を載せている。香奈子が水をしぼっては渡す小さなタオルをあごに当てている。）

滞在者　パルドン、マドモワゼル、すっかりご迷惑をおかけして……。

香奈子　いいえ、ス・ネ・リヤン（なんでもありません）。意識が戻られてほっとしました。あごはまだ痛むのですか？

滞在者　おかげさまで大分おさまりました。そう、あの日私はこんなふうに横になり、あごをぬぐっていた。パンが入れられている樅の木の箱に頭を載せて……。

香奈子　あの日っていつのことですの？

滞在者　テルミドール（熱月）のあの日、絶え間なく血が吹き出る私のあごを……弾丸で撃ち抜かれ、砕けたあごを……。

香奈子　（半信半疑の表情で）なんだか壮絶なお話ですねえ！　本当なんでしょうか？どうしてそのようなことになったのですか？

滞在者　我々はパリ市庁舎の一室にこもり、我々を失脚させた悪党どもへの反撃を人々に呼びかける手段につき、結論の出ない討議を続けていた。その時突然、国民公会の軍隊が部屋に乱入してきた！　私は咄嗟に手近の拳銃を取り上げた。

香奈子　では、ムッシュはご自分でご自分のあごを撃ったとおっしゃいますの？

滞在者　私は自分を撃って命を絶とうとし、失敗したようだ。だがその瞬間に、若い憲兵が私に拳銃を向けた！　ゆえに一体誰の拳銃の弾が私のあごを砕いたのか、真実は私にも分からない。

香奈子　憲兵がムッシュを狙って？　それから、どうなりましたの？

滞在者　彼らは私を担架に乗せ、チュイルリー宮殿の公安委員会の広間へ運び、ルイ十六世のものだった大きな机の上に横たえた。傷つき苦痛の中でじっと横たわる私の周りを武装した男達が取り囲み、ある者は私をののしっていた。そのうち外科医がやってきて、砕けた私の歯を抜き、あごに包帯を巻き、頭上で結んだ。「陛下の王冠だ。いや、違う。修道女の帽子じゃないか！」と彼らはヤジっていた。私は机から滑り降り、脇の安楽椅子にくずおれた。そして彼らはその安楽椅子を運んで私をコンシェルジュリー[注]へ護送した。

香奈子　（話半分に聞いているという様子で）ムッシュ、いずれそのお話の続きを伺いますわ。だからもうお休みになって。

滞在者　マドモワゼル、どうか私の話を終わりまで聞いて下さい！　私は、私と二十一名の同志達は、あのテルミドール十日の午後遅く、処刑場へ向かう荷車に載せられました、後ろ手に縛られて。コンシェルジュリーから一時間半の道すがら、民衆は我々に悪口雑言を浴びせ、口汚くののしった。そして荷車は、新たに組み立てられたギロチンが立つあの革命広場に到着し、パリの黄昏の空のもと我々は次々と処刑された。私の順番は首謀者として最後だった。だが、負傷し瀕死の私を彼らは何が何でも生きている間にギロチンにかけたかった。ゆえに順番は早められ、私は我が弟オギュスタンの前に……死刑執行人は私のあごを包んだ包帯を容赦もなく、乱暴にむしりとった。耐え難い激痛が私を貫いた。そして刃が落ち……。

香奈子　ムッシュ、それは事実ではなくて、ただの悪夢のご記憶では？

滞在者　では、これをご覧下さい！

（滞在者は、ガウンの襟を広げる。彼の首の周囲には血で描いたような真っ赤な線がくっきりとついている。）

香奈子　これは……あのアザとかおっしゃった？

コンシェルジュリー　セーヌ河畔の古い宮殿を監獄にした建物。国家的重罪人が収監された。

滞在者　アザなどではありません。これはギロチンの刃の痕です！
香奈子　まさか！　ムッシュ、悪い冗談はおやめ下さいませ。
（香奈子、無理に笑おうとする。）
滞在者　冗談などではありません！　マドモワゼル、貴女は霊魂の不滅を信じますか？
香奈子　いいえ、信じません。死によって脳は働きを無くし、精神も肉体と一緒に無に帰するのです。
滞在者　それは違う！　私がここにいるではありませんか！
香奈子　まあ、ムッシュが霊魂だと？
滞在者　話を続けましょう。ギロチンの刃が落ち、その瞬間から私達の霊魂は二つに切断された肉体から離れたのです。その後我々の首と胴体はそれぞれ別々の箱にまとめられ、エランシスの共同墓地へ運ばれた。衣服が剥ぎ取られ、胴体は交互に穴の外側と内側に向けられて並べられ、その隙間に首がバラバラに放り込まれ、その上に生石灰がたっぷりとまかれた。それが国民公会の命令だった。我々の遺骸を完全に溶かし去り、二度と人々の崇拝の的となることのないように、我々を歴史から抹殺することを！　だが、我々の霊魂は我々の執念と情熱によりよみがえり、あの世でふたたび正義と自由のために闘い続ける誓いをたてたのだ。我々は、生きている人間達の世界のあらゆる出来事、あらゆる音をくまなく把握し、霊魂の電磁波を送って、この世の人々の霊魂に力を及ぼそうとした。多くの人々に我々の声は届かなかった。だが、我々が送り続ける電磁波にしっかり応えてくれる人々もいた。そして、そしてあの夜……。

（滞在者、荒い息をつき始める。香奈子、慌てて滞在者の額に手を当てる。）

香奈子　まあ、なんて冷たい！

滞在者　私は生きた人間ではありませんから。

香奈子　あの、今度こそお医者さんにかかったほうが！

滞在者　ノン、それだけはご勘弁を！　第一、無駄なことです。それより、どこまでお話ししましたっけ？　そう、あの嵐の夜、なぜ私がマドモワゼルの車に近づいたのか？　それは以前、私の心が、マドモワゼルが言われたことに強く反応したからでした。

香奈子　わたしが言ったこと？

滞在者　そうです。日本語だったと思います。だから私には意味は分かりませんでした。ですが、私の魂が、貴女は私のことを弁護してくださる方だと感じたのです、確かに！

香奈子　（記憶をたどりながら）そういえばわたし、いつでしたか、ロベスピエールはそんな極悪人ではなかったような気がすると言いましたわ。

滞在者　やはりそうだったのですね。だから私はマドモワゼルにお会いし、私の悲願達成の助力をお願いしようと決心し、冥界からこの国にやってきました。ところがあの夜、私はなんと雷に打たれてしまったのです。そして記憶を失ってしまい、一人の頭の狂った情けない男の姿で貴女のもとへ転がり込んでしまった。（ふと現実に戻って）マドモワゼル、今朝はまた会社に行かれるのでしょう？

香奈子　ええ、でもわたしは大丈夫ですわ。それよりとても面白い物語ですのね！　きっとムッシュはそのようなお芝居を映画か何かで演じられたのでしょうね？

滞在者　マドモワゼル、貴女はまだ私のことを俳優だと？

香奈子　それ以外に考えられませんもの。

滞在者　（深いため息の後）一つお願いがあります、紙とペンを。

香奈子　は？　お手紙でもお書きになるのですか？

滞在者　貴女に見ていただきたいものが。それをご覧になれば、マドモワゼルも私の言うことを信じて下さるでしょう。

（香奈子、一枚の紙とボールペンを滞在者に渡す。滞在者はその紙に署名をする。）

滞在者　これは私の署名です。私について書かれた本のどれかに私の署名が載っているはずです。それと比べていただければ、きっと私が誰であるか確信していただけます！

香奈子　分かりました。とにかくお休みにならなくては。それから、わたしが帰宅するまで絶対にドアを開けないで下さいね。あの乱暴者がまた押しかけてくるかもしれませんから。

滞在者　いえ、あの男は悪党ではありません。あの雷雨の夜の事情を知る由もないサン・ジュストは、私があのテルミドールの危機の直前に二十五日間も公安委員会や国民公会を欠席したように、今回もまた愚かな引きこもりをやったと思い込み、あのような挙に出たのです。私の保護者が女性であったことが、ますます彼を苛立たせた。彼は、かつて私が部屋を借りていたデュプレイ家のマダムと私の妹が、私の奪い合いをやったことを覚えていたのだ。彼は純粋で血気盛んな青年です。今も変わらず！　どうか彼のことを許してやって下さい。私は彼の誤解を解かねばならない。彼に会わなければならない。

香奈子　いいえ、そんな危険なことはなさらないで下さいまし！　そして後ほどまたロベスピエールについてのお話をご一緒にいたしましょう。

滞在者　マドモワゼル、もう一つだけお願いが！

香奈子　何でしょうか？

滞在者　私があの世の者であることはどうぞ内密に。面倒なことになってはまずいので。あくまで記憶を喪失した奇妙なフランス人ということで。

香奈子　ウイ、ダコール。ヌ・ヴ・ザンキエテ・パ（承知しました、ご心配なく）。ああ、名案があります。ムッシュはわたしのフランス語の個人教授をして下さっている、というのはいかがでしょう？　これなら誰もが納得するはずですわ。では、ボンヌジュルネ。

（香奈子、出勤のための身支度にかかる。窓の外では白々と夜が明けている。）

秋川君

（日仏交流会館という看板の下にたたずむ香奈子。待ち人を見つけて手を振る。）

香奈子　秋川君、ボンジュール！

（眼鏡をかけた人のよさそうな青年が現れる。時々眼鏡を押し上げながら）

秋川　ボンジュール、香奈子さん！　お誘いメルシーボクー！

香奈子　急にお願いしちゃってごめんなさいね。

秋川　いえ、ここの図書室は僕にとっても超便利だから。香奈子さんのお手伝いが出来るなんて、僕嬉しいです！

（二人はビルに入り、図書室に向かう。）

＊　＊

（図書室の閲覧室。香奈子と秋川が並んで座り、二人の間には数冊の本が積まれている。）

香奈子　これは皆フランス革命とロベスピエールについての本よ。この中で彼の最期についての記述を探したいの、手伝ってもらっていいかしら？

秋川　喜んで！　だけど彼の最期についてだけでいいの？

香奈子　ええ、とりあえずね。でもついでにほかにも何か分かったことがあったら教えてちょうだい、ちょっと急ぐので。お礼にランチご馳走させてね！

秋川　香奈子さんとランチなんて、素敵だなあ！

（二人は本のページを繰り、それぞれメモを取り始める。）

香奈子　（ある本の中の、かつらをかぶった男の肖像画に見入る）似ている、確かに！
そっくりだわ！

秋川　え、なんですか？

香奈子　いいえ、なんでもないのよ。ただこの肖像画に似ている人がいて……。

秋川　ああ、ロベスピエールですね。そんなにひどい奴には見えないなあ。彼は幼少時天然痘を患ったために顔にアバタがあったと出ている。それから、ちょっとここに面白いことが出ていますす、彼はゼラニウムが好きだったようですよ。意外ですね！

香奈子　（顔を上げじっと宙を見つめながら）アバタ……ゼラニウム……。

秋川　もう一つ、ここにも興味深い記述があります、彼は失脚の前に「至高存在（神）の祭典」注というのを挙行しており、その直前にオレンジを食べていたとか、オレンジが大好物だったと書かれている。これも面白い。何か残酷な独裁者にしては可愛いですねえ！

（香奈子、無言でじっと考え込む。秋川、ページを繰り続け、メモを取っては香奈子に渡す。）

秋川　彼の処刑前後の様子がここに……悲惨だなあ。恐怖政治の報いを受けたってわけだ。

（香奈子、秋川のメモを読み、目を見張る。）

香奈子　まあ、何もかもあの方がおっしゃった通りだわ！

秋川　え？　あの方って？

香奈子　いえ。そのう、ちょっと噂を……じゃなくて、彼の最期について色々話してくれた人がいてね、本当かなって思っていたの。それがぴったり合っているので、びっ

至高存在の祭典　共和主義の革命に対し、王党派であったカトリック派は激しく抵抗、共和主義者の虐殺も発生、その結果「非キリスト教化運動」が起こり、革命派の無神論者が教会に対する破壊活動や信者への無差別的な残虐行為に走った。その状況を危惧したロベスピエールは「共和国を庇護する神は存在する」と宣言、その神を称える「至高存在（神）の祭典」を挙行した。

くりしちゃって。

秋川　それにしても彼の最期の詳しい描写を載せている本はここには余りないなあ。たぶんこれぐらいでしょう。香奈子さんのお役に立てばいいんだけど。

香奈子　ありがとう、秋川君。

秋川　いえ、全然気にしないで下さい。僕もついでにフェルセンについて調べちゃいますから。

香奈子　あら、シャ・ティグル！

秋川　はい？

香奈子　シャ・ティグルよ。この本によると、恐怖政治時代、ある議員は彼のことをシャ・ティグルだと言ったそうよ。猫のようにとても丁寧に身支度をするけど、本性は虎のような奴だっていう意味じゃないかしら？　そういえば、あの時あの方が、そんなふうに呼ばれたような記憶があると……。

秋川　あのとき、あの方ってなんの話ですか？

香奈子　ああ、ちょっと独り言、気にしないで。

（なおも本のページを繰り続けて）

香奈子　これだ！　これよ！
秋川　今度は何が見つかったの？
香奈子　彼の署名よ！　*Robespierre* って。うっそー！　信じられない！
秋川　え、どうして？
香奈子　いいえ、ちょっとね。秋川君、メルシー！　凄く助かったわ。これで十分よ。

＊　＊

（日仏交流会館のレストランでランチをとる香奈子と秋川。香奈子は物思いにふけっている。秋川は香奈子の様子を気にかけながら、しばしば眼鏡を押し上げている。）

秋川　香奈子さん、疲れちゃったのでは？
香奈子　（ふと我に返って）あら、ごめんなさい。いいえ、わたしは大丈夫よ。
秋川　一つ聞いてもいいですか？

香奈子　なんでしょう？　わたしに分かることなら。
秋川　あの、里美さんに聞いたんですが、香奈子さん、車で外国人の男性をはねたとか、本当なんですか？
香奈子　ああ、その話ね。いいえ、はねてはいなかったみたいなのよ。でも、何かのせいで、そうそう、雷らしいわ。雷のために記憶喪失になってしまったらしく、わたしお気の毒だと思って。
秋川　それで香奈子さん、その外国人を香奈子さんのマンションに泊めているとか……。
香奈子　あらあ、里美ったらおしゃべりねえ！　だって、あのフランスの方、帰る所もご自分の名前も忘れちゃったんだから、しょうがないでしょ？　でもね、わたし達そんな変な関係じゃないのよ。とても真面目な清廉潔白な方よ。それにフランス語を習うのに結構便利だから、まあ、記憶が戻るまでしばらくの間、と思っているのよ。
秋川　そうですか、ならいいんですが……ほんの少し心配だなあ。
香奈子　ねえ、秋川君、霊魂の不滅って信じる？
秋川　え？　いや、僕は信じません。でもなぜ急にそんなことを？
香奈子　そのフランス人がね、霊魂は永遠で、あの世から電磁波を送って生きている人間の心に作用を及ぼすことがあるって言ったの。

秋川　へえ、超自然現象ですね！　それが本当だったらいいなあ！
香奈子　まあ、秋川君って心霊好き人間だった？
秋川　（眼鏡を押し上げながら）例えば、香奈子さんにはマリー・アントワネットの霊が
電磁波を送って、僕にはフェルセンが……なんてことになったら素晴らしいなあ！
香奈子　（呆れ顔で）秋川君、忘れちゃいけないわ。マリー・アントワネットは里美よ。
わたしはロベスピエール（急に口をつぐみ、それから急に立ち上がる）。わたし帰
らなきゃ！
秋川　あれっ？　でもコーヒーが。
香奈子　ちょっと急用を思い出したのよ、ごめんなさいね。秋川君わたしのコーヒーも飲
んじゃってよ、お勘定は済ませておきますから。
秋川　（少しがっかりした様子で眼鏡を押し上げる）香奈子さん、素敵なランチご馳走様
でした、もうサヨナラなんてちょっぴり残念だけど。じゃあ僕はこれから図書室に
戻って、フェルセンについて調べます。あの、またいつかご一緒出来たら……。
香奈子　ア・ビヤント（またね）！

（あたふたと席を立つ。ビルの外で携帯を取り出し、番号をプッシュし、しば

らく耳をあてた後）

香奈子　誰も出ない。もしや彼に何か？

＊　　＊

（香奈子のマンション。香奈子はドアを開け、名を呼ぶ。）

香奈子　ムッシュ！　ムッシュ・ロベスピエール！

（マンションは静まりかえっている。）

香奈子　ムッシュ、あなたがおっしゃったことは全部信じます！　数々の失礼を深くおわびします！　お願いですから、お姿を見せて下さい！

（香奈子、部屋から部屋へと走り回る。）

香奈子　いない、どこにも！　あの乱暴者に、サン・ジュストに拉致されたんだわ！　一体どうしたら彼を取り戻せるの？　どうしたら……。

（誰もいないリビングルームに途方にくれてたたずむ。）

香奈子の革命

（夜、香奈子の書斎。香奈子は、二、三冊の西洋史の本を前にメモを取っているが集中出来ない様子で、しばしば自分の携帯の画面に目をやる。その時チャイムの音。香奈子、リビングルームへ行き、インターフォンの受話器を取る。）

香奈子　どちら様でしょうか？

男性の声　ボンソワール、マドモワゼル・カナコ、セ・モア（私です）。コマタレヴー？

香奈子　ムッシュ・ロベスピエール！

（玄関へ飛んでいき、ドアを開ける。白いかつらと青い上着の滞在者が立っている。）

香奈子　（日本語で）お帰りなさいませ！
滞在者　今なんと言われました？
香奈子　日本語で帰ってきた方に言う挨拶です、残念ながらフランス語にはない表現ですが。ああ、もう二度とお戻りにならないかと思っておりました。だって一週間も音沙汰なしで！
滞在者　パルドン、マドモワゼル。あちらの世で我が同志達と会合を重ねておりました。我々の祖国フランスでは、移民の暴動が続発し、右寄りの大統領が選挙に勝利してしまい、皆将来を危惧しているのです、国家の危機だと！　そんな状況でしたが、彼らは心を込めて私の誕生日のお祝いをしてくれました。
香奈子　ムッシュのお誕生日はいつだったのですか？
滞在者　今月の六日、五月六日でした。
香奈子　六日ですって、まあ！
滞在者　それから、サン・ジュストには、あの夜のことを詳しく説明しました。彼はすべてを納得し、あの暴力的行為に及んだことを深くわびてくれました。もっとも、彼があのようにしてくれなかったら、私はいつ記憶を取り戻したか分からない。
香奈子　ムッシュ、今お飲み物をご用意いたします。オレンジジュースがよろしいでしょうか？
滞在者　メルシーボクー！　マドモワゼルのオレンジジュースをずっと楽しみにしておりました。

（その時、香奈子の携帯が鳴る。）

香奈子　もしもし？
男性の声　香奈子、僕だ。
香奈子　上月さん……。
上月　何回かメールしたんだけど、見てくれた？
香奈子　あなた、今更あんな言い訳をなさっても！
上月　ごめんね。僕は謝る以外どうしようもない、可哀相な奴なんだ。憐れんでくれよ。
香奈子　（いきなり怒鳴りだす。驚く滞在者）何が可哀相ですか、ぬけぬけと！　あなたは、犬にも劣るケダモノだわ！

（滞在者、爪を噛み始める。）

上月　そうだ、その通りだ、僕は反論しないよ。でもメールの通り、あれは本当にハプニングだったんだ、ただのはずみだったんだ。彼女に強烈に迫られちゃって……酒のせいもあってね。

香奈子　あなたのお話なんて、二度と聞きたくありません！

上月　ちょっと待って！　僕の言うこともう少し聞いてよ。香奈子のこと、僕は一番愛しているって分かっているでしょ？　誰よりも！　男は哀れな動物でね、たまに下半身が勝手に行動しちゃうの。でも僕は、誓って言うけど……。

香奈子　もう切りますからね！

上月　分かった、でももう一言だけ。僕に罪の償いをさせてくれないか。僕のあのマンションで今度こそ二人っきりでディナーを。僕が何もかもセッティングするよ。クッキングもやるよ。それからとびきりのフランスワインを！　僕達は三年間も愛し合っているんだよ。僕のマドンナ、香奈子の愛を失うなんて僕は耐えられない！　そう、僕はこんなに哀れな……。

（香奈子、電話を切る。滞在者、爪を噛み続けながら、当惑顔でじっと香奈子の様子を見つめている。）

香奈子　ムッシュ、お帰り早々、いきなりこんなことで、デゾレ。今オレンジジュースを。

（グラスになみなみとオレンジジュースをつぎ、滞在者の前に置く。滞在者、足を組み、ソファに背をもたせて、ジュースをゆっくり味わいながら、香奈子にやさしい視線を投げる。）

滞在者　この飲み物は本当に心をリフレッシュしてくれます！

香奈子　ムッシュがご不在の間、わたしはずっと地獄であえいでおりました。

滞在者　地獄とは大げさな。

香奈子　いえ、本当なんです！　先程の電話は彼からでした。先日は彼のお誕生日でした。なんとムッシュと同じ六日だったのです！　わたしは彼とこの上もなく甘い夜を過ごせると信じていました。彼は仕事の後、夕刻にお台場の彼のマンションに帰ると言いました。だから、わたしは彼には内緒で休暇をとり、わたし達水入らずのパーティのために彼のマンションの飾りつけをやろうと思って、昼間あそこへ行ったんです。ところが、合鍵でドアを開けて入ったら、玄関に女性の靴が無造作に脱ぎ捨てられていました！　わたしは真っ直ぐベッドルームへ走りました。そして部屋のドアを開けると、そこには……ベッドには見知らぬ若い女性が彼と……二人とも衣服を身に着けず！

滞在者　オー、ララ（なんとひどい）……。

香奈子　彼がわたしの方に顔を向けた時、わたしはドアをバタンと閉めました。彼が「香奈子！」と叫んだようでした。わたしは打ちのめされて、自分がどこにいるのかさえ忘れていました、天空が一瞬間にわたしの頭上に落下してきたような気持ちでした……。

（香奈子、むせび泣きをこらえる。）

滞在者　（しばらくの沈黙の後）マドモワゼル、貴女はアマンの奴隷になっている。

香奈子　奴隷ですって？

滞在者　違いますか？　彼の快楽の奴隷、それともご自分の情念の奴隷なのだろうか？

香奈子　わたしは彼を愛し、彼を大切にし、彼のために生きてきました。奴隷なんかじゃありません！

滞在者　しかし、マドモワゼルの心は、魂は、そのアマンにすっかり支配され、もてあそばれている。そのアンシャンレジーム（革命前の旧体制）の貴族のような男に！　そして彼のなすがままに、眩しい波頭から真っ暗な波の谷間に落ち、つかの間に波頭へ上がってはまた谷へ落ち、いつまでもその繰り返しをやっておられる。

香奈子　（急に泣きじゃくり始める）つらいんです。ムッシュ、わたし、耐えられないんです。わたしは馬鹿です！　分かっています！　何回も今度こそ別れよう、と思いました。でも、わたしの中のもう一人のわたしが、彼の名を叫び続けるんです。お前はいつも彼を欲しがっている、ウソをつくなって！　わたしの心はまた痛み始め、血を流すんです！　だから、その傷を癒そうと、わたしはひたすら彼が与えてくれる新しい薬を待ちわびて……。

滞在者　それは麻薬そのものだ。

香奈子　麻薬？　まあっ、なんという！　でも、そう、そうですね。ムッシュ、まさにその通りですわ！　ただ、その麻薬はとても甘くて、その効き目はとても温かくて、彼の腕の中に身を投げれば、わたしは必ずや救われるんです。
滞在者　（顔をそむけながら）そして再び奴隷になりさがる！
香奈子　まあ、すみません、ご不快でしょうか？　つい、くだらないお話を。
滞在者　いえ、くだらないとは思いません。ですが、もしマドモワゼルがそれは麻薬だと分かっているなら、その麻薬から脱することは可能なはずでは？
香奈子　（ややヒステリックに）その通りです！　禁断症状に耐えればいいんでしょう？　でも、彼に連絡をしないようにしていても、ある時彼からメールが来ると、急にほっとして、それから胸にまた熱いものがわきあがり、たぶん同じことの繰り返しだろうと分かっていても、わたしはまた幸福感に満たされ、どうしようもない期待感に引きずられて彼にしがみつこうと……今度もし彼のディナーへのお招きを受け、彼のマンションに行けば、わたし達はまた元のようになれるんではないかと。
滞在者　マドモワゼル、そんな惨めな奴隷の身分に甘んじている限り、マドモワゼルには救いはない、永久に！
香奈子　では、わたしは一体どうすればいいんでしょうか？
滞在者　ご自分を変えるのです、ご自分の中に革命を起こすのです。そして貴女の心の中に寄生している、その忌むべき貴族たるアマンを打ち倒すのです！

香奈子　わたしの中に革命ですって？

滞在者　その通りです。しかし、まずは、ご自分が変わろうと決意なさらねばなりません！

香奈子　わたしには……出来ない。

滞在者　いいえ、決意一つですよ。私とともに闘いましょう！

香奈子　ムッシュとともに闘うってどういうことですの？

（滞在者、ゆっくりと身を乗り出す。）

滞在者　マドモワゼル、あの雷雨の夜、私がなぜ貴女の前に現れたか、以前お話ししましたね？　貴女がふと言われたことが私の魂の琴線に共鳴したのです。私がなぜ、こうしてマドモワゼルのもとに帰ってきたか、それは貴女こそ私のために闘って下さると、この私の汚名を晴らし、私の真なる姿を歴史の中に蘇らせて下さる方だと固く信じたからです。マドモワゼル、貴女は絶対に私を裏切らない、そうですね？

香奈子　（滞在者の瞳に魅せられたように、じっと彼の顔を見つめながら）ムッシュ、わたしにそのような大それた企ては……でも、ささやかな機会が。実は、今わたし達フランス歴史研究会のメンバーのちょっとしたプロジェクトがあり、皆で今年の七月十四日にフランス革命について研究発表会をやることになっております。そして、わたしの担当は何と、ムッシュ、あなたなのです！

滞在者　（皮肉っぽく笑いながら）おやまあ、それはひどい極悪人の担当になられたもので！

香奈子　今まで色々調べましたところでは、ムッシュの評判はどうもかんばしくありません。残酷非道な独裁者、傲慢、気難し屋で怒りっぽく、人を信用せず、嫉妬深くて……。

滞在者　オー、なんとありがたい賛辞！

香奈子　あらっ、失礼をいたしました！　いえ、わたしの意見ではなくて……。

滞在者　マドモワゼル、私は少しも驚きませんよ。自分がどのような中傷を受けているかは十分存じています。すべてあの憎むべきテルミドリアン（熱月派のメンバー）どもの仕業なのだ！

香奈子　ムッシュ、わたし、まだそこまで調べてはおりませんの。

滞在者　では、マドモワゼル・カナコ、これから私が貴女のお手伝いをさせていただきます。毎夜、あの革命についてのお話をお聞かせしましょう。デュプレイ家のソワレ

（夜のひととき）のように。

香奈子　デュプレイ家のソワレとは？

滞在者　私が部屋を借りていたデュプレイ家では、夜しばしば、私がご家族のためにコルネイユやラシーヌ、ヴォルテール、またルソーの本を朗読し、講義を続けたものでした。素晴らしいクラヴサンが置かれたサロンで。（滞在者、夢見るようなまなざしで）そんなひとときには美徳に満ちた麗しい感動がサロンを満たしていたものです。講義が終わると、その感動を胸に、私は自分の部屋に引き下がった。私の部屋のカーテンはマダム・デュプレイがご自分のドレスから作ってくれたものでした。デュプレイ家は皆、徳高く立派なご家族でした！　モーリス・デュプレイ氏は真正のジャコバン党員の指物師。彼らは私を、あたかも本当の長男のように心から愛してくれました。ご家族とはしばしばシャンゼリゼー通りを散歩したり、田園のピクニックへ出かけたものです、故郷のアラスから連れてきた我が愛犬ブリュアントを伴って。ご家族と一緒の食事の時は、食前の祈りはいつも私が捧げました。私のために一年中テーブル上にはオレンジが積まれていた。あの家の至る所に私の胸像や肖像画が飾られていた……サン・ジュストの友人のフィリップ・ル・バと結ばれたエリザベス・デュプレイは、私の死後、作家のサルドウに「あの方は本当のお兄様のように優しく愛情にあふれていた！」と語った。サルドウは「彼女が知っていたロベスピエールとは一体誰だったのだろう？」と書いた。彼は私のことを「あの虎、生き血を飲む怪物」と信じていたのだ……。

おっと、話が逸れました。元に戻しましょう。貴女は私の話を参考に新しいレポートを作成なさるのです。私は七月十四日の革命記念日までにパリへ帰らねばなりません。それまでに貴女のレポートを完成させましょう。その作業に貴女のすべてを打ち込んでください、しばらく、貴女のアマンのことは忘れて！

香奈子　アマンのことは忘れて……。

滞在者　そうです。そして、貴女のお仕事が終わるまで決して彼には会わないと誓って下さい。貴女ご自身の革命のために！

香奈子　わたしに革命をやり遂げることが出来るかどうか……でも、ムッシュとは何か素晴らしい時間を過ごせそうな気がしますわ、女の勘なんですが。

滞在者　マドモワゼルの勘が当たるよう祈ります。

香奈子　わたしに良い考えがあります。そのデュプレイ家のムッシュのお部屋の模様をお教え下さい。わたしの、いえ、ムッシュとわたしのこのリビングルームの一隅をそのお部屋のように飾ってみましょう。是非とも！　インターネットでリサイクルのお店の商品を見て、ご一緒に選びましょう。

滞在者　（目を輝かせて）ボンニデ！（名案です）では、さっそくマドモワゼルの新しい船出のお祝いを！

香奈子　お待ち下さい。ただ今すぐワインをお持ちします！

（香奈子、いそいそとキッチンへ向かう。）

山登り

（鬱蒼とした林の中を、枯れ葉の散り敷く山道が細々と続いている。所々に躍っている木漏れ日。道の片側には渓流が爽やかな音とともに流れ、遠方で時々鳥が鳴いている。香奈子と滞在者がその山道を辿っている。滞在者は渋色のトレッキングウェアとトリコロール（三色）のスカーフを身に着けている。）

香奈子　ムッシュ、そのウェア、なかなかお似合いですこと！　インターネットのリースですが、確かに、以前わたしがスーパーで見つけたトレーナーよりずっと素敵ですわ。

滞在者　メルシーボクー！　しかしマドモワゼル、本当に山登りでよかったのですか？

海の方がお好きだったのでは？

香奈子　ノン！　海はあの人の帝国、あそこではつい彼のことばかり考えてしまいます。でも、山はわたしを彼の呪縛から解放してくれるような気がするのです。彼は山登りはしませんでしたから。

滞在者　ダコール！　ではこの山がマドモワゼルに、新しい生を授けてくれるように祈りましょう。ああ、これは、自然のふところに抱かれた、なんと素晴らしい道！　山はいつも人間を浄化してくれる、そう思いませんか？

香奈子　あらっ、いやだ！

滞在者　どうしました？

香奈子　（トレッキングポールを前方に振り回しながら）クモの糸です。わたし達の道をふさいで！

滞在者　マドモワゼル、ここは生き物達の祖国。そこに貴女が侵入しているのです、それをお忘れなく。

香奈子　でもわたし、クモは大嫌いです！　それから蛇も。ああ、ヴィペール（マムシ）が出てこなければいいわ。

滞在者　ヴィペールも人間におびえて、己が命を守るために人間に立ち向かうのです。いわば彼らの正当防衛ですよ。だから人間は彼らを安心させるように行動しなければなりません。ダコール？

香奈子　ダコール……キャアアアッ！

滞在者　なんですか、今度は？　ついにヴィペールがお出ましですか？

香奈子　いえ、レザール（トカゲ）です！　わたしの前をスルスルと横切って！

滞在者　レザールもお嫌いで？

香奈子　当たり前です！　這う生き物は皆嫌いです！

滞在者　しかし、マドモワゼル、もし貴女が死ぬほど飢えておいでだったら、そしてほかに食べられる物がまったくなければ、貴女は必死でレザールを追い求めるでしょう。そうは思いませんか？

香奈子　いえ、レザールだけは……うわっ！　またクモの糸！

＊　＊

（灌木に挟まれた急な登り坂が二人の前方に現れる。）

香奈子　わたしのガイドブックによれば、これが最初の山の頂上への道ですわ。それから、その頂上からはこれとは別の道を降りて、尾根伝いに次の山へ向かえ、とあります。
滞在者　ではひと頑張りしましょう！
（二人は立ち木につかまりながら登る。やがて最初の頂上に到達。そこには古い石の祠が立っている。）
香奈子　着きましたわ、ほぼ時間通りに。
滞在者　こんな山の上に一体どうやってこのタンプル（神社）を建てたのでしょう？　セ・メルヴェイユ（これは見事だ）！　しかしながら、やや険しい道でした。これではお年寄りや虚弱な人々には到達出来ない。このタンプルは健康な人々にのみ福音を与えるのでしょうか？
香奈子　さあ、わたし、そこまで考えたことありませんわ。
滞在者　病人とか体が弱い人や不自由な人々のことは見捨てるのだろうか？
香奈子　別にそういうことではなくて、ただ、山のてっぺんには神様が鎮座する、そんな素朴な考えだと思います。（それから日本語の独り言）この方との議論はさぞ大変だったろうなあ。まあ賛成しておけば無難ってことでしょうけど。

滞在者　パルドン？　何かおっしゃいましたか？

香奈子　いえ、なんでもありません。ちょっと独り言を。

滞在者　ところで、今ふと疑問が浮かびました。山の頂上にはお釈迦様はいないのですか？

香奈子　それも、わたし、よく分かりません。後でインターネットで調べてみます。

滞在者　それにしても、貴女のこの国は実に不可思議ですね。古来の神道の神社とお釈迦様のお寺が渾然と共存している。彼らは神について宗教論を闘わせることはないのですか？

香奈子　いえ、皆仲良くお互いを認め合っておりますよ。人々は一般にお祝いの儀式では神社に、お葬式ではお寺にお世話になるようです。

滞在者　不思議だ、実に神秘的な和合だ。信仰の対象がまったく異なっているのに……。

香奈子　ムッシュ、宗教のお話はいずれ改めて、それより次の山へ行きましょう！　わたし、何もかも忘れて、ただ登りたいんです。（香奈子、祠の周辺を探し、藪におおわれた獣道のような下り坂を見つける。）これがガイドブックが言う「別の道」に違いありませんわ。ここを降りましょう。

（獣道のような下山道は間もなく急坂になり、曲がりくねりながら続き、大分降りた地点で、背丈を越える藪の中に消えてしまう。）

＊　＊

滞在者　（藪の中に目を凝らしながら）マドモワゼル、この道に間違いありませんか？
香奈子　（だんだん不安気になる）あの、こんなはずでは……。
滞在者　貴女の本は確かなのでしょうね？
香奈子　はい、大丈夫のはずです。ただ、十年ほど前に買ったものなんですが。
滞在者　（しばらく思案してから）マドモワゼル、我々は原点に戻ったほうがよさそうだ。
　これ以上の探索は無駄でしょう。いや、危険でもある。
香奈子　ムッシュ、原点に戻るってどういう意味でしょうか？
滞在者　あの頂上のタンプルに戻るのです、もう一度登るのです！
香奈子　ええっ？　また登るんですか？（肩を落とす。）
滞在者　この薮の中にはヴィペールがいるかもしれません。それにこのままここに分け入ってても正しい道が見つかる見込みはなさそうです、違いますか？　うろうろしているうちに暗くなったら大変です。山の黄昏は早い。もちろん、どうするか決めるのは、マドモワゼル、貴女ご自身ですが！

香奈子　（腕時計を見て）あら、もうこんな時間に。ダコール、ムッシュ。おっしゃる通りに致します！

（二人は今降りてきた山道を登る。再度祠に到着、香奈子は息を切らし、しきりに流れる汗を拭う。それから最初に登ってきた道を降りる。）

＊　＊

（最初の山の中腹に立つ標識の前にたたずむ香奈子と滞在者。）

滞在者　マドモワゼル、お疲れでは？

香奈子　はい、少し……まさかあの頂上へ二度登ることになるとは思いませんでしたわ。でもムッシュのおっしゃる通りです。あのまま闇雲にさ迷っていては日が暮れてしまったかも。わたしの勘違いだったのでしょう。

滞在者　さあ、それは分かりませんよ。貴女のガイドブックが十年前のものというなら、山道が変わったことも考えられます。

香奈子　標識がまったくないので少し変だとは思いました、でも正直申しまして、ムッシュが、もう一度あの頂上に戻らなければいけない、とおっしゃった時はガックリきました。

滞在者　無理もありません。しかし、原点に戻るのが一番の近道ということも。

香奈子　わたし達が最初に辿った道は、うねうね下った後行き止まりだったのですから。いつも原点に戻ることが肝心ですね。

滞在者　（独り言のように）だが原点には二度と戻れないこともある……。

香奈子　はい、今なんと？

滞在者　原点に戻れるというのは一つの幸せだとそう思ったのです。それはさておき、さあご覧なさい。やっと貴女が求めておられた標識が見つかりました。一方は我々の帰途を示し、他方は我々が最初に目指していたもう一つの山の頂上を指しているようですね。マドモワゼル、どうなさいますか？

香奈子　だいぶ予定より遅れてしまいましたね。でも、わたし達が探し続けたこの標識を今日の前にしては、わたし、やっぱり諦められません。行ってみたい！　いかがでしょうか？

滞在者　了解しました。貴女がそのようにご希望ならば、行きましょう。まだ日は高い、時間はあるでしょう。

（二人は山道を歩き続ける。だが数分後、香奈子は立ち止まる。）

香奈子　ムッシュ、わたし達の道が前方で途切れています、先が見えません。また間違ったのかしら？

滞在者　さあ、ひょっとしてあそこから先は、下り坂になっているのでは？

（やがて二人の眼下に急な下り坂が現れる。赤土と石と枯葉が入り交じり、所々に靴の滑り跡が見られる。香奈子、不安げに立ち止まる。滞在者は軽やかに坂を下り、下方から香奈子を招くように見上げる。）

滞在者　やはり急な下りでしたね。

香奈子　（じっと立ちすくむ）わたし、降りられるでしょうか？　こわい！
滞在者　降りてみなければ分からない。いえ、マドモワゼル、貴女なら大丈夫のはず！

（香奈子、沈黙したまま、前方と背後を交互に眺める。）

滞在者　引き返しますか？
香奈子　どうしたらいいのかしら？　やはりこのまま引き返したほうが……。
滞在者　マドモワゼル、いいですか、決めるのは貴女ご自身ですよ、どうぞご自由に。ただし……。
香奈子　ムッシュのお考えは？　お聞かせ下さい。
滞在者　恐ろしいのなら、無理にとは言いません。ただし、もし引き返すのならば、これから我々が歩く道に何も新しい物はない。すでに辿った同じ道ですから。しかし、もし前進すれば、彼方に貴女を待っているものは、新しい道と新しい頂上、そして新しい眺めです。もしマドモワゼルが、本当にご自分が変わりたい、と願っておられるなら、つまり、もしご自分の中に革命を望んでおられるなら、おのずと貴女がとるべき道は決まるのでは？

（香奈子、無言のまま、じっと斜面を見つめる。）

滞在者　貴女は革命を望んでおられるのでしょう？　奴隷の身分からご自身を解放したいのでしょう？　革命なしの革命はあり得ません！

香奈子　（突然背筋を伸ばし、トレッキングポールを握り締める）ムッシュ、心が決まりました！　もう迷いません、前進します！　初志貫徹を目指して！

（腰を低く落とし、ポールを斜面に突き立てながら半歩ずつ坂を下る。数回靴が滑るが、持ちこたえ、ついに急坂の下に到達する。）

香奈子　やりましたわ！　さあ、最後の頂上へ！

（二人は再び歩き始める。道は今度は登り坂となり、やがて坂の上部、木々の間に青空が広がり始める。二人は小さな展望広場に到達する。まぶしい陽光が降り注ぎ、眼下に真っ青な海が広がる。香奈子はその眺めに息をのむ。）

滞在者　もし私の勘が正しければ、この小さな頂は、最後の頂上への道の門のはず。これから先は岩の山が。

（二人は間もなく樹林帯を抜け、両側が赤く切れ落ちた尾根道に出る。風が強くなり、前方に岩に覆われた登り坂が見えてくる。香奈子は思わず歩を止める。）

滞在者　さあ、マドモワゼル、あともう少しですよ。頑張りましょう！

（風が唸り始める、香奈子は腰をかがめ、滞在者の後姿を見つめながら、一歩一歩前進する。）

滞在者　いよいよ最後のアプローチです。飛ばされないように、焦らずゆっくりと！　いいですね？

（二人の前に累々と岩が重なる急坂が立ちふさがる。登り始めて、香奈子は思わず後方を振り返る。）

香奈子　キャッ！　こわい！

滞在者　マドモワゼル、振り向いてはいけません！　それはもっとも危険な行為ですよ！

香奈子　でも、もしここから落ちたら……。

滞在者　そうです。だからしっかり前を見るのです。我々は運命の急流に乗っているのです。急流にしっかり乗らねば、貴女の体はひっくり返され溺れてしまうのですよ！

（香奈子は歯を喰いしばり、岩の間を曲がりくねるガレた山道を一歩一歩登っていく。）

香奈子　まるで地獄の坂みたい！

滞在者　（香奈子を振り返って）マドモワゼル、これは処刑台の階段ではありませんよ。貴女ご自身のルネッサンスへ通じる登り坂です！

香奈子　ムッシュ、なぜ、あなたはいともたやすくこの急坂を登ってしまわれるのですか？

滞在者　お忘れですか？　私はこの世の者ではないことを！

（ついに二人は山頂に到達する。累々と積まれる岩のてっぺんに一本の石柱と小さな石造りの祠が立っている。強風の中で香奈子はうずくまる。）

香奈子　ムッシュ！　凄い風！　わたし、立っていられません！　目も開けられない！　どのような眺めですか？

滞在者　（岩越しに身を乗り出しながら）眼下は美しい断崖と真っ青な海、一面白波に覆われています。水平線がくっきりと！　なんと眩しい太陽と海！

（香奈子、頭を上げ、一瞬眼下を見つめ、それから両手で頭をおさえてふたたび岩の間にうずくまる。）

滞在者　マドモワゼル、ご覧になりましたか、この壮大な自然を！

香奈子　は、はい、確かに……す、素晴らしいです！　でも良く眺めることが出来なくて。

滞在者　しかしながら頂点とは多くの場合、このようなものかもしれませんよ。美しいが厳しく人を打ちのめす。貴女はご自身の力でこの山頂に辿り着かれたのです！　神は貴女にその力を授けた。ご自分を称えるのです。そして神に感謝を。

香奈子　ムッシュ、あなたのおかげですわ、メルシーボクー！　でも、なんと獰猛な風！　なんという音！

滞在者　では、もう降りましょう、マドモワゼル。この山頂にお別れを。

（香奈子、もう一度身を起こし、眼下の海を眺めてから、ポールで身を支えながら立ち上がる。）

香奈子　ムッシュ、この猛烈な風がわたしの息の根を止めようとしています！　早くこの場所を離れねば。でもこの素晴らしい風景、名残惜しくて離れられない！　こんなに呼吸が苦しいのに！　人生ってなんて難しいのでしょう！

（二人は下山口へ向かう。）

＊　＊

（岩に覆われた斜面はやがて林の中の土と石ころの道となる。物思いにふける香奈子。滞在者は立ち止まり、じっと香奈子を見つめる。）

滞在者　マドモワゼル、何を考えておられるのですか？

香奈子（少しためらいながら）あの、ふと思ったのです。わたしのアマンが一緒だったらと……。

（滞在者は無言で、ふたたび歩き始める。二人が下る坂は間もなく急になり、香奈子は時々滑りそうになって、立ち木にしがみつく。山道の真ん中に深い溝が現れ、溝の片方の道は大きな石と泥に覆われ、もう一方は乾燥した一枚岩のように見える。何も言わずに滞在者は、その一枚岩の坂を下っていく。香奈子は、ためらわずに彼に従う。急な斜面で、突然彼女の靴は滑り、彼女はしりもちをついたまま滑落する。途中細い枯れ木につかまるが、その木はスポッと抜けてしまう。）

香奈子　ああっ！　た、助けて下さいっ！

（数メートル滑落して後、香奈子の体は比較的緩やかな赤土の斜面でやっと止まる。真っ青な顔でよろよろと立ち上がる香奈子に、滞在者がゆっくりと歩み寄る。）

滞在者　怪我はありませんか？
香奈子　（唇を震わせながら）大丈夫です。でも、もうおしまいかと思いました！
滞在者　先程Y字路があったでしょう？　あそこで我々の下山道は、数時間前に我々が登ってきた道と合流したのです、だからこの道はもうマドモワゼルがご存じのルートですよ。ただ先程はあの真ん中の溝の反対側を登りました。
香奈子　（まだ荒い息をしながら）すっかり忘れていました。ムッシュが一枚岩のほうをお選びになったから、つい……。
滞在者　私はどこを降りても滑落などしませんから。マドモワゼル、さぞ恐ろしかったでしょうね！

香奈子　ムッシュ、意地悪なお言葉を！　わたし、死ぬかと思いました！
滞在者　ご無事で何よりでした！
香奈子　（深く息を吐きながら）ああ、わたし、ちゃんと立てます。命拾いしましたわ！
滞在者　滑り落ちているさなか、貴女の大切な方のことは考えましたか？
香奈子　はい？
滞在者　貴女にいつも幸福の薬を与えてくれる素晴らしい方のことです。
香奈子　ご冗談を！　それどころではありませんでした！　本当に死ぬかと。
滞在者　（うっすらと微笑みながら）つまり、貴女のアマンのことはお忘れになっていたわけですね？
香奈子　ムッシュ、一体何をおっしゃりたいのですか？
滞在者　貴女は怪我を恐れた。それとも死を？　その時彼のことはお忘れになっていた。つまりあの斜面は、貴女の心から、貴女が愛する方を追放してしまった。山は、貴女が彼に捧げる愛より強かったのだ。

（香奈子は沈黙したまま、下山を続ける。だが、露出した木の根っこに足をとられ、転倒する。一瞬恐怖で顔を引きつらせ、よろけながら立ち上がる。）

滞在者　マドモワゼル、余計なことを言いました。さあ、麓まで頑張りましょう、足元をよく見て、何も考えずに、すべて忘れて、ダコール？
香奈子　はい、頑張ります。ただ、膝がガクガクで。
滞在者　我々は降りる以外に道はないのです。それともここで夜を明かしますか？
香奈子　とんでもありませんわ！　はい、降ります、這いつくばってでも。

（香奈子はポールを握り締めながら下山を続ける。木の根っこにつまずいたり泥の上で滑っては転倒を繰り返し、そのたびに唇を嚙み締めながら立ち上がり、歩き続ける。いつしか全身泥まみれになっている。滞在者はそのような彼女を振り返りながら、無表情で山道を下っていく。）

＊　＊

（たそがれの駐車場に帰り着く二人。）

滞在者　さあ、マドモワゼル、貴女の車はちゃんと我々を待っていてくれました。もう誰もいなくなった寂しい駐車場で、お疲れ様と言っていますよ。
香奈子　（無言で靴を履き替え、運転席に座って目を閉じる。）
滞在者　ご覧なさい、山の向こうが真っ赤になっている。太陽が一日の労働を終えて、今やっと眠りにつこうとしている、そして山も。なんと美しく、なんと安らかな光景！
香奈子　（目を閉じ、唇を噛んでいる。）
滞在者　マドモワゼル、運転は大丈夫ですか？
香奈子　（我に返る）わたし、無事に帰れたのですね。
滞在者　そうですよ、私はそう信じていました。
香奈子　ムッシュは意地悪な方！
滞在者　は？　どういう意味で？
香奈子　いいえ、ムッシュは正しいことをおっしゃっただけですわ。わたし、大丈夫です。運転ちゃんとやります、ご安心を！　今日は本当に有り難うございました。心からお礼申し上げます。
滞在者　どういたしまして。では帰りましょう。車の道はあの山道に比べればいくらか容易なのでは？

（二人、顔を見合わせて微笑む。香奈子、車のエンジンをかけ、ライトを点灯する。）

滞在者　いいですね、何もかも忘れて運転に集中するのです。本日の冒険の最後の難関と考えて！

（二人の乗る車が、ヘッドライトをともし、夕闇に包まれ始めた駐車場をゆっくりと出て行く。大きな山影が彼らをじっと見送っている。）

若葉の道

（昼下がりの香奈子のリビングルーム。香奈子と滞在者がソファに座り、コーヒーを飲んでいる。バルコニー側には、ダマスク織りの青地に白い花模様の新しいカーテンが下がり、窓辺にはアンティークの小さな木製のライティングデスクと椅子が置かれ、デスク上には羽のついたボールペンがペン立てに立てられている。）

滞在者　マドモワゼルが先日取り寄せてくださったこのカーテンは、あのサントノーレの私の部屋のものにそっくりです。今日の私達の買い物の旅も、またおかげさまで素晴らしい実りがありました、このような机と椅子が見つかり！

香奈子　ムッシュのお気に召して本当に嬉しいです。それとあの羽ペン、日仏交流会館のショップで買いました。ムッシュには羽ペンがお似合いですわ。

滞在者　メルシーボクー！　それにしても今日は、街路樹の青葉が実に美しかった！　風までもあの色に染まっているようでした。

香奈子　なんて素敵な表現でしょう！　まるで、詩のようですわ！

滞在者　若い頃詩人になろうと思ったこともありました。

香奈子　まあ！　どんな詩をお書きになりましたの？

滞在者　バラやシャンパンや愛について。

香奈子　ムッシュにはきっと詩人の魂もおありだったのでしょうね。

滞在者　私は冷酷で残虐な独裁者と言われているようですが、子供時代には、教会のミニチュアを作ったり、レース細工が大好きだったのですよ。小鳥も大変可愛がっていました。ある日私は妹達にとてもきれいな鳩をあげた。だがその鳩は、嵐の夜庭に放置され、死んでしまった。私は泣きながら彼女らを責めた。

香奈子　胸が熱くなりますわ！

滞在者　おや、つまらない余談をしました。結局のところ詩人になることは、私の運命ではなかったようです。それはともかくとして、私は初夏の新緑を見ると思い出すのです、あの一七八九年の春を。

香奈子　一七八九年とは、フランス革命勃発の年ですね。

滞在者　その通りです。しかし当初は、誰もあのような激烈な出来事など予想してはいませんでした。皆、三部会の開催への期待に胸をふくらませ、夢と希望にあふれていた。そして私は、そう、あの春、晴天のアラスの町で、三十歳の私は、弟、妹、親類、そして知人達に見送られながら、パリに向かう乗り合い馬車に乗ろうとしていた。これから三部会に出席する新しい代議員を見ようと、家々の窓から人々が顔を出し、好奇の目を投げていた。馬車につながれた馬は、出発を待ちかねているように前足で大地を蹴り、馬具の鈴をリンリンと鳴らしていた。馬車の屋上席には旅行カバンや手荷物類が積まれていた。私はオリーブ色の上着を身に着け、見送りの人々と握手を交わし、三部会での奮闘を約束し、微笑を返し、馬車に乗り込んだ。瞼に涙をためた人々が「アデュー」と言いながら声を詰まらせた。

馬車の扉がついにバタンと閉められ、御者の角笛が吹かれ、鞭が鳴り、人々の白いハンカチが振られ、そして半睡の中のように静かな町を、馬車がガラガラと進んでいった。ポプラが風にかすかにざわめいていた。川岸では洗濯女達が、御者のからかいに朗らかに答えていた。我が故郷を離れる時、私はあの町がいかに美しい町であったかをあらためて悟った。我が胸にパリでの未来を、新しい日々への期待と不安をみなぎらせながら。

（香奈子、突然口を片手で押さえる。）

香奈子　うっ！

滞在者　マドモワゼル、どうなさいました？

（香奈子、無言であたふたと立ち上がり、洗面室へ駆け込む。滞在者、当惑顔で半ば立ち上がり、香奈子の様子を窺う。）

滞在者　マドモワゼル、サ・ヴァ（大丈夫ですか？）？

（しばらくして、香奈子が青ざめた顔で現れる。）

香奈子　ムッシュ、ご心配をおかけしてすみません。ちょっと気分がすぐれなくて……。

滞在者　きっとお疲れなのですね。私が自分勝手に毎日長い演説をやるから、そのせいで。
香奈子　いいえ、違うんです。そんなことではありません。何が起こったのかよく分かっています、自分の体のことですから。このところ気がかりだったのですが……。
滞在者　とにかく今日はこれでやめましょう。まずはお休みにならなければいけません。
香奈子　（しばらくためらってから）ムッシュ、お気を悪くなさらないで下さいね。あの、このクラス、しばらくお休みにさせていただきたいのです。少し考えたいことがありまして。
滞在者　ダコール。けれどもマドモワゼルの研究発表は、革命記念日までには仕上げねばならないのでは？
香奈子　分かっております。でも、もしかしたら……これからわたしの人生に新しい道が開けるかもしれないので。
滞在者　新しい道？
香奈子　若葉がいっぱいにそよぐ道です。一度捨てた夢を、希望を、もう一度取り戻す道ですわ。涙とともにあきらめた幸せ、でも本当はこのわたしが死ぬほど求めている幸せ、それが今度こそわたしのものになるかもしれない！
滞在者　なんのことをおっしゃっているのでしょうか？

香奈子　今はまだちょっとお話できませんの。でもたぶん近いうちにすべてムッシュに打ち明けます。わたしの新しい未来のことも必ず。

（青ざめた香奈子の顔に、瞳だけがキラキラと輝いている。）

滞在者　ダコール。マドモワゼルのお言葉は私にとってはまったくの謎。ですがお心を開かして下さる日をじっと待ちましょう。

香奈子　それから急なことですみませんが、わたし、しばらくの間留守に致します。

滞在者　お留守とは、それはまた？　ご旅行でも？

香奈子　旅というほどのものではありません。ただ、ちょっと外泊を……。

（相変わらず当惑顔の滞在者に背を向けて、香奈子はクロゼットに向かい、小さな旅行バッグを取り出す。）

滞在者　（爪を噛みながら）ボンヌヴァカンス、マドモワゼル……。

＊　　＊

（香奈子、自分のマンションの前でタクシーを待ちながら、携帯で話す。）

香奈子　里美、本当に突然でごめんなさい！　一、二週間泊めてくれない？

里美の声　ええっ？　どうしたの、一体？

香奈子　詳しいことは後でゆっくり話すわ。ちょっと、あのムッシュが側にいてはまずい事情があって。だからお願い！

里美の声　あのムッシュと何かあったの？

香奈子　いいえ、そうじゃないの。ただあの方、前時代の石頭だからたぶん全然理解してくれないだろうと……凄く怒るんじゃないかと思って。あのね、わたし、妊娠したらしいのよ。

里美の声　あらっ！　なんてドジ！

香奈子　わたしだって気をつけていたわよ。でも、わたし達にとってロマンチックな時間は大切だったし、彼も余り協力的じゃなかったし。それでね、わたし賭けてみようかと。

里美の声　オー、ララ！

香奈子　茶化さないでよ！　これは女の必死の闘いだわ。幸福と不幸の分水嶺なの。うまくいったら、わたし、今度こそ幸せになれるわ。彼をわたし一人のものにして！

里美　そううまくいくかしらねえ……。

香奈子　彼は、わたしのおなかの赤ちゃんの父親なのよ！

里美　とにかく体を大事にしなくちゃ。分かったわね？　待っているわ。

（タクシーが到着する。香奈子、旅行バッグをさげて乗り込む。）

ロベスピエールとサン・ジュスト

（香奈子のリビングルーム。青い部屋着姿の滞在者が窓辺で椅子に座り、ライティングデスク上で羽ペンを動かし、書き物をしている。ティテーブルの上には、飲みかけのオレンジジュースのグラスと小さなティポットが置かれている。シャモワ色（浅《あさ》黄《ぎ》色《いろ》）の上着[注]、白いベストと真珠色のネクタイを身に着け、腰にサーベルを下げた第二の訪問者が、ソファに座り、ティカップを傾けている。栗色の髪の間からのぞく彼の耳には大きな銀のフープイヤリングが輝いている。彼の傍らには、ソファの上につばの広い黒い帽子が置かれている。彼はティを飲み干し、ゆっくり立ち上がって、滞在者の椅子の背に片手を置く。）

第二の訪問者　小さな文字で、書いては消して書き直し、また消しては書き直し、何回も。
あの頃と少しもお変わりになっていない。それは何の原稿ですか?
滞在者　マドモワゼルが帰宅したら、また再開する我々のクラスのための資料だ。
第二の訪問者　今世紀に羽ペンとはおめずらしい。
滞在者　これは羽のついたボールペンで、マドモワゼルが私のために見つけてきてくれた。このほうが私には似合うと。確かにこれを握っていると私も気持ちが落ち着くようだ。

（第二の訪問者、窓から、バルコニーを眺める。）

第二の訪問者　バルコンにはゼラニウム、この部屋のカーテンは青のダマスク織に白い花の模様、マダム・デュプレイのドレスから作られたというあのカーテンによく似ている。それからこの窓に向かって据えられた木製の椅子と小さなデスク、サントノーレの貴方の部屋を彷彿とさせるような光景ですね。テーブルにはいつも一輪の赤
シャモワ色の上着…　失脚の日、実際にサン・ジュストが身につけていた服装。

いバラの花、そして貴方のためにオレンジジュースと羽ペン！　貴方の女家主殿はずいぶんと貴方に打ち込んでおられるようだ。

滞在者　彼女は私のために、いや我々のためにフランス革命擁護の研究発表を、と一生懸命力を尽くしてくれているのだ。

第二の訪問者　それだけでしょうか？　女性は色々と厄介ですぞ。あのマドモワゼルがずっとご不在とはめずらしい。何があったのですか？　彼女がアンコリュープティブル（廉潔の士、ロベスピエールの呼び名）に異性の愛を求め、拒否されたとか？

滞在者　サン・ジュスト、そのような邪推は彼女への中傷だ。少しお疲れらしく、気分転換にどこかを旅行しているらしい、それだけだ。

第二の訪問者　心の傷でも癒すためではないかなあ？

滞在者　いや、私の連日の演説で疲れたのだろう。昔から女性達は私の会話や手紙をなんとなく疲れると感じていたようだ。（少し皮肉をこめた言い方で）君は女性心理には実に良く通じているようだ。その方面で何を想像しようが君の勝手だが。

第二の訪問者　ハッハッハ。シトワイヤン・ロベスピエール、貴方が余りにも疎いのだ。確かに僕には女性というこの上もなく甘い蜜を心ゆくまで味わった日々があった。エロティシズム溢れる詩を次々と書き、おかげで当局に追われていた時代もありました。でも貴方を知り、貴方の崇高な革命精神に傾倒して後は、僕も自分のすべてを革命に捧げた！　人は僕を「革命の大天使」と呼んだ！

滞在者　君はあのテルミドール九日の日、今日と同じ服装だったね。あの日、君は演説を阻止されてからついに一言も発言をしなかった。まるで冷たい大理石の彫像のように。そのために君の死後、君のイメージは高い誇りと神秘の化身になった。

第二の訪問者　僕を恨んでおられるのか？

（滞在者、立ち上がり、第二の訪問者と向かい合う。）

滞在者　もはや恨みなど……だが、あの喧騒と混乱の中で、なぜ君は私のために何も言ってくれないのかと思ったことは事実だ。

第二の訪問者　貴方が僕を見つめた目がそう叫んでいた。でも僕にはもう我々は駄目だと分かっていた。それだけではない、僕は貴方に対し「思い知ったか？」という気持ちだった！

滞在者　思い知ったとは？

第二の訪問者　僕が分裂してしまった革命政府を、もう一度立て直そうと最後の努力を試みたことはお忘れではあるまい？　貴方は僕の協力への懇願を無下に拒絶した！

滞在者　君の純粋な忠誠心は認める。だが、あれは所詮敵への妥協に過ぎなかった。

第二の訪問者　僕はそうは思わなかった、僕はまだ希望を捨てなかった。テルミドール五日の我々の会合を憶えておいででしょう？　あの日、十五人ほどのメンバーが一つのテーブルを囲んでいた。久しぶりに貴方が公安委員会と保安委員会の話し合いに姿を見せた時、その場には重苦しく気まずい雰囲気が溢れ、誰もが一言も発することなく互いの顔を探り合っていた。そこで僕が沈黙を破った、「さあ、皆さん、率直に自分の考えを語りましょう！」と。するとビヨ・ヴァレンヌが貴方に歩み寄り、「我々は友人だ、いつもともに歩んできたではないか」と言った……。

滞在者　あの嘘つき野郎！

第二の訪問者　しかし僕は、ひょっとしたらビヨ達もなんらかの妥協による事態の解決への突破口を模索したかったのだろうと考えた。それから話し合いが始まり、政治状況に関する報告書を国民公会に提出しようという発案がなされ、その報告書作成が僕に任された。

滞在者　敵の奴らの巧妙な手口だ。君を私から引き離し、抱き込もうとしたのだ！

第二の訪問者　そうだったのかもしれない。だが、そうであるにしても、我々にとってはあるチャンスだと僕は考えたのだ。僕は誇りにさえ感じた。客観的で公平な文面で革命政府を擁護し、国民公会とそのメンバーに敬意を表し……。

滞在者 そうだ！　君はあの裏切り者達にさえ敬意を表する、と書こうとした！　私は君に革命政府の打倒をめざす陰謀を暴露してほしかった。奴らを懲らしめるために！

第二の訪問者 しかし、あの時点では何よりもまず妥協案を示すことが緊急に必要、というのが僕の見解でした。

滞在者 そのうえ君はアテ（無神論者）のビヨ・ヴァレンヌとコロー・デルボアの意見を入れて、「至高存在」や霊魂の不滅についてまったくふれなかった。さらに、翌日私は知らされた。君はビヨ・ヴァレンヌとダントン派だったカルノー、君の武功を横取りしようとまでしたあのカルノーとともに、パリの区所属の国民軍砲手四中隊を遠ざける法令に署名することを承諾してしまった。なんという軽率さ！　君は、民衆から、サン・キュロット[注]から武力を奪うことになるであろうあの陰謀に加担したのだ！

サン・キュロット　フランス革命当時の過激共和派。貴族がはいていた半ズボン（キュロット）をはかず、下層民と同じ長ズボンを着用していた。

第二の訪問者　違う！　あの時はあれ以外に打開策はなかった！

滞在者　私は君を最も忠実な親友であり戦友だと固く信じていた。その君にさえ裏切られたと思った時、私の孤立感は計り知れないものだった。

第二の訪問者　それは貴方の被害妄想だ！　僕には僕の作戦があったのだ。だが、貴方は僕の言うことにもはや耳を貸さなかった。自分を真っ暗な穴に閉じ込めてしまった。テルミドール八日、あの貴方の最後の演説の後、かつて貴方の協力者であったパニが、貴方が告発しようとしている議員達の名を明らかにせよと詰め寄った時、貴方は逆上してこう叫んだ。「私の意見は誰にも束縛されない、私は誰をも恐れない、自分の義務にのみ耳を傾ける。私は誰の支えも友情もいらない！」と。あの時僕は愕然とした。貴方を平和と融和の道に導く希望は絶たれたと感じた。

滞在者　我々が築いた美徳の共和国は死の目前だったのだ。すべて崩壊する運命だった。敵どもとの融和などなんになっただろう？

第二の訪問者　しかし僕はあきらめなかった。八日の夜八時頃から公安委員会の部屋にこもり、僕の名による報告書に取り掛かった。重大な局面に今度こそ指導力を発揮してみようと、そして貴方の漠然とした脅迫に満ちた演説のゆえに動揺した国民公会をうまく治めるために。

僕は書いた。前日の演説では、貴方が本来の名手腕を発揮されなかったことは否めないが、貴方の引きこもりと貴方が味わった苦汁に一定の理解を求めたい。貴方の敵対者であるビヨ・ヴァレンヌやコロー・デルボアは、確かに彼らの野心のため公安委員会の名声を利用した。だが、わずかな過ちを犯したに過ぎない。ゆえにに公安委員会の私は彼らを告発はしない。ただ、彼らがみずからの無罪を証明し、そして私達がもっと賢明になることを望むと。

やがてチュイルリーの美しい庭園に夜が明け、生まれたばかりの朝の青い愛撫により、大地がみずみずしく目覚めていた。テルミドール九日の朝の五時、僕はやっと立ち上がった。書き上げた原稿を抱え、ほのかな希望の灯火を胸に。

滞在者　そして国民公会会場で、君は演壇に上がり、演説を始めた。

第二の訪問者　僕はこう切り出した。「私はどの徒党にも属さない。私はあらゆる徒党と闘うであろう」。会場が徐々に静まった。「徒党は、保証力を持った人民の組織、権限に枠を与え、民衆の自由というクビキによって人間の傲慢性を永久に屈服させるような組織によってのみ消滅させられるだろう。政府のあるメンバー達が貴方方の賢明な道からはずれた行為をなしたと、貴方方に演説した男にとって、この演壇は、事態の流れにより、タルピエンヌの崖（古代ローマで国事犯を突き落として処刑した崖）になりかねない。私は、彼は賢慮をもって貴方方に真実を正しく示したと信じる。そして、祖国の救済のためにあらゆることを試みようという良心を持って我々が交わした約束を、羞恥心を持つ者なら何びとといえども破ることは出来ないと信じる。さて、どのような言葉で語りましょうか？　貴方方はどのように……」。

ここまで読んだ時……。

滞在者　タリヤンが君の演説をいきなり遮り、君を演壇からみごとに排除してしまった！　その直後、公安委員会の面々が会場になだれ込んで来た。ビヨ・ヴァレンヌは即座に発言を求め、そして堰を切ったように我々への攻撃の演説を始めた。悪党どもの乱舞を前に、君は一切の抵抗を放棄、一言も反撃しなかった。

第二の訪問者　あの時は、してやられたと思いました。そして、ついにすべてが敗北の中に終わったことを悟りました。もうどんな抵抗も無意味だった。僕は心の中で貴方に語りかけた。「シトワイヤン・ロベスピエール、これが貴方自身が招いた結果だ。肝に銘じられよ！」と。

滞在者　君は熱血漢だが、氷のように冷酷だ。

第二の訪問者　貴方を崇拝し、愛していたからこそです！　貴方が、僕が友情を裏切ったといって怒り、僕を拒否して僕から遠ざかってしまった時、僕は胸が張り裂け、そして僕を理解してくれなかった貴方を心底憎んだ。だがもし僕の作戦が成功したら、きっと貴方に分かってもらえるだろうと、力の限り頑張ったのだ！　何もかも水の泡に終わりましたが。

滞在者　我々二十二名の固い絆は、テルミドール十日、処刑台上でみごとに証明された。だが新生フランス共和国は、その後崩壊してしまった。

第二の訪問者　ロベスピエール、僕は以後、何万回となく問い続けた。もし我々があの危機を乗り越え、革命政府を生きながらえさせることが出来たなら、その後の世はどうなっていただろうと。

滞在者　行き着く先は同じだっただろう。

第二の訪問者　僕は必ずしもそうは思わない。もし貴方が忍耐強く構え、あのように突き進む代わりに妥協策を受け入れてくれたら、革命政府はもう少し長続きしただろう。

滞在者　そしてそれから？

第二の訪問者　当時ヨーロッパの列強は貴方をフランスの真なる独裁者として一目も二目も置き、貴方と停戦の交渉をしようとしていた。もし革命政府が一枚岩となりその力を数か月でも保ったら、我がフランス軍の奮闘と貴方の指導力により、ヨーロッパには利益の多い普遍的な平和がすみやかにもたらされただろう。少なくともプロシャとの間では確実に。その勝利により、我が祖国は、あのようにボナパルトに引きずられて貴方が予言した軍人の独裁に踏みにじられ、破滅の危機にさらされることもなかっただろう。

滞在者　君のその想像は実に幸福感に満ちている。だが、私はそうは思わない。あの分裂状態の政府を維持するには、妥協を重ねるほかなかっただろう。その結果、私は我が信条からどんどん逸れざるを得なくなり、結局、政界を去ったかもしれない。あるいはまた、我が師ルソーの理想を実現するために、再度テルールが欠かせないものになり、あの暗黒が続くことになったかもしれない。そしてつまるところ、同じ最期が私を待っていただろう。さらに、その後の世界の変遷を見ると……。

第二の訪問者　産業の機械化や、巨大な資本主義企業の出現ですね？

滞在者　まさに！　私が夢見ていた共和国とは、独立した小規模な生産者が形成する社会で、各々が家族を養うに十分なつつましい土地や作業場や商店を所有し、互いに必要な生産物を直接交換しあうような、そんなのどかな社会だった。だがその理想は、現代の世界ではおよそ実現不可能だろう。ゆえにルソーの夢は、今では宇宙の果てのように遠いものとなってしまった。

第二の訪問者　しかし、ロベスピエール、貴方の哲学や理想の本質は永遠のものだ！　我がフランス革命が目指した美徳と愛の共和国は、今も人々の心の中に生き続け、憧憬の的になっている。そして貴方はあの偉大なる革命の象徴なのだ！　僕はかつて言った。私は未来に碇を投げ、悪徳にまみれたこの時代の人々の無垢な子孫達を抱きしめようと。そして今日フランスでは、我々を愛する生きた人々が我々が掲げた高邁な理想のために闘っている。そして我々もその人々とともに、素晴らしいフランス共和国を目指して闘い続けるのだ！（第二の訪問者、首に巻いた真珠色のスカーフのようなネクタイをほどき、首の周囲の赤い傷跡を見せる）

シトワイヤン・ロベスピエール、これこそが我々同志の絆のあかしです！（滞在者と第二の訪問者、固く抱擁しあう）黄昏が近くなってきました。僕はそろそろあちらの世に帰らなければ。パリでの革命記念日の行事につき同志と話し合います。（第二の訪問者、ネクタイを締めなおす）今日は美味なお茶をご馳走になりました。メルシーボクー。ではシトワイヤン、サリュ・エ・フラテルニテ！（革命時代の挨拶）それにしても、こちらのマドモワゼルは、大切な客人を置きっぱなしにして、一体どこで何をしているのかなあ？

（第二の訪問者、黒い帽子を深々と被り、サーベルの音を響かせながら、いそ

いそと去る。滞在者、デスクの前に座って羽ペンを手に取り、再び原稿を書き
続ける。）

友情

（夜、香奈子がリビングルームのソファにぐったりとした様子で座っている。脇に旅行バッグが無造作に置かれている。滞在者が現れる。）

滞在者　マドモワゼル、ボンソワール！　貴女のお帰りをずっとお待ちしていました。早く私たちのクラスを始めたいと。ヴァカンスはいかがでしたか？

（滞在者、香奈子の様子を見て顔を曇らせ、彼女に歩み寄る。）

滞在者　おや、お疲れのご様子ですね。それともひょっとして、どこか具合が悪いのではありませんか？

（香奈子、うつむいたまま無言。滞在者は香奈子の隣に座り、彼女の肩にそっと手を載せる。）

滞在者　どちらにおいでだったのですか？　景色の美しいどこかですか？　よろしかったらお話を聞かせてください。

香奈子　いえ、ずっと友人のうちに泊まっていました。

滞在者　そうだったのですか。では、そのお友達の方とゆっくりおしゃべりなぞ？

香奈子　いえ、そんなことではなくて……ああ、わたし、ムッシュにお詫びをしなければなりません。

滞在者　私に詫びを？

香奈子　はい、わたしはムッシュとの誓いを破り、彼に会いました。

滞在者　彼とは、その……。

香奈子　わたしのアマンです。そして当然の報いを受けました！　わたしはもうムッシュにお会いする資格なぞない女かも。でも、どうしてもお会いしたくて、今日帰って来ました、どうしても、もう一度！

（滞在者、無言で香奈子を見つめる。香奈子、突然頭を上げる。）

香奈子　ムッシュ、お願いです！　今夜はずっとわたしと一緒にいて下さい！　わたしの側に！

滞在者　私達はいつも一緒にいるではありませんか。

香奈子　わたしに寄り添って！　わたしのベッドで！

滞在者　は？

香奈子　一晩中わたしと一緒に！　ベッドで！（そう言いながら泣き崩れる。）

滞在者　マドモワゼル、どうしたのですか？　何をおっしゃっているんです？　ご自分が何を言っているのかお分かりですか？　だいぶお顔の色が悪い。さあ、お気を確かに！　何があったのか、私にお話を聞かせて下さい。

香奈子　すべてお話しします。わたしのベッドで。だから、わたしを一人にしないで下さい！　わたしは気が狂いそうなのです。わたしを放っておいたら、自殺するかもしれませんよ！

滞在者　（冷静を装って）マドモワゼル、落ち着いて私の言うことを聞いて下さい。私は人間ではありません、生きている男の代わりにはなれません。貴女はこの私から何を期待なさっているのか？

香奈子　（涙にむせびながら）わたしの隣にいて下さるだけでいいんです！　やさしいお兄様のように！　さもなければ、さもないと、わたしはあの窓から飛び降ります！

（香奈子はよろよろと立ち上がり、バルコニーの方へ歩こうとする。慌てて引き止める滞在者。香奈子は彼の腕にすがる。）

滞在者　分かりました。では、マドモワゼルのご希望通りに。

（二人は香奈子のベッドルームへ向かう。）

＊　　＊

（香奈子のベッドルーム。彼女のかたわらにぎこちなく身を横たえる滞在者。

香奈子は彼の胸に顔を押し当て、さめざめと泣き続ける。滞在者、香奈子の肩を抱く。）

滞在者　マドモワゼル、さあ、何があったのか聞かせて下さいますか？　もし、私にお力になれるようなことがあるなら。

香奈子　（滞在者の胸に顔をうずめたまま）わたし、人を殺しました！

滞在者　クワ（なんですと）？

香奈子　人を殺しました、昨日。

（滞在者、身を起こし、驚きの目で香奈子を見つめる。）

滞在者　今なんと言われました？

香奈子　人を、わたしの子を……モン・べべ（わたしの赤ちゃん）を殺しました。

滞在者　マドモワゼルのべべとは、一体どういう？

香奈子　（泣きじゃくりながら）わたし、妊娠していたんです。彼の子です。彼に会い、打ち明けました。すると彼は途端に血相を変えました。わたしは産みたい、と言いました。そして奥さんと別れて、わたしの赤ちゃんの父親になってくれ、と頼みました。すると彼は、今は無理だ、結婚も認知も出来ない、責任はとるからどうかおろしてくれと！

滞在者　なんという……。

香奈子　彼は繰り返し、今は無理だ、分かってくれ、頼む！　と言いました。わたしは、自分の赤ちゃんが可愛くないのって、叫びました。すると彼は、彼は、自分を破滅させる気か！　と。そしておろしてくれさえすれば、これからも今までと同じように幸せに付き合えると。何が幸せなの？　わたしはボロボロになっているのに！

（滞在者、何も言わず、青ざめた顔で香奈子を見つめている。）

香奈子　（身を起こして滞在者を睨みつける）ムッシュのその目は、わたしを責めていらっしゃるのね？　軽蔑していらっしゃるのね？　そうですわ、わたしは美徳を踏みにじり、家庭持ちの男と汚れた関係を持ち続け、そのうえ身ごもり、その自分の子を殺しました！　どうぞわたしに唾を吐きかけて下さい！　石を投げつけて下さい！　ギロチンへ送って下さい！

滞在者　（うつ伏せに姿勢を変え、両手で顔を覆う。しばらくの沈黙の後）マドモワゼル、貴女はご自分の研究発表のために、私についての本を色々お読みになったことでしょう。私の出生についても。

香奈子　わたしを極悪人とお思いなんでしょう？

滞在者　私の話すことに耳を貸して下さい。私の父は、結婚という神聖な儀式を経ることなく、私の母をはらませた。彼らは慌てて結婚し、その四か月後に赤ん坊が生まれた。それがこの私だったのだ。その事実は、その恥は、一生私の心の隅から消え去ることはなかった。さらに、さらに、私が六歳の時、母が産み落とした五番目の子は死産、その八日後に母はこの世を去った。

それからほどなく、父は私達を見捨てて、放浪の旅へ出て行った。マドモワゼル、私が言いたいこと、それは親というものが子供にとっていかにかけがえのない存在か、どれほど大切でいとしい保護者か、ということです。父親も母親に劣らず！やさしくはぐくんでくれる母親と、力強く家族を守ってくれる父親！私は生前、父のことはただの一度も語らなかった。だが、つねに子を捨てた我が父を憎み続け、そして、自分を愛し支えてくれる真なる父の心象を求め続けていた！神という父に守られ、自由という母親にはぐくまれ、美徳という柱に支えられ、愛と信頼に満ちた大きな家族、それこそが私が夢見た共和国だった！　（現実に引き戻されて）マドモワゼル、貴女はご自身が仕出かしたことをお分かりか？　貴女は道徳を犯して父親を持てない子を身ごもり、さらにその子を殺してしまった！　道徳とは一体なんでしょう？　それは人の悲しみ、苦しみ、不幸を招かぬようにするための人間憲法ではありませんか！

香奈子　（ヒステリックに叫ぶ）そうです。わたしは背徳者であり、犯罪者です。だからもう生きる権利はないのです。その通りですわ、だからわたしは死にます。死ねばいいんでしょう？

滞在者　マドモワゼル、思い違いをしてはいけません。死ねばすべてが償えると信じておいでか？

香奈子　わたしが死ねば、何もかもきれいに片づくわ！

滞在者　貴女はさらに殺人を犯すとおっしゃるのか？　貴女によってひどい目に遭わされたもう一人の貴女をも犠牲にして？

香奈子　もう一人のわたし？

滞在者　そうです。いいですか、マドモワゼル・カナコ、貴女は貴女のべべのみならず、貴女ご自身にも残酷な仕打ちをなさったのです。そのもう一人の貴女はズタズタに引き裂かれて、絶望の淵にたたき込まれている。その哀れな貴女を、貴女ご自身が救わずして、一体誰が救ってくれるのですか？

香奈子　でも、わたしには、もうそんな力は……。

滞在者　いいえ、マドモワゼルはその力を十分にお持ちです！　ご自分が犯した罪や過ちを償うために、その過去をバネにもう一度立ち上がるのです。崖から身を投げる代わりに、その崖をよじ登るのです。たとえ頂上に達することができなくても、登り続ける闘いからは、必ず何か素晴らしい結果が生まれます。私はそう信じている。あの革命のための、我々の闘いのように！

香奈子　（涙にむせびながら）ムッシュ・ロベスピエール！　あなたはわたしの神様です、わたしをお救い下さい！

滞在者　ノン、私は断じて神ではない！　私が出来ること、それはただマドモワゼルのかたわらに控え、出来る限り貴女に語り続けることだけです。しかし我が師ルソーは、友人のルクセンブルグ元帥が姉を失った時に送った弔辞の手紙の中で、こう書いています。「喜びはそれのみで十分だが、悲しみは人に語らねば癒されない。友情は、喜びの時よりも苦しみの時において、はるかに貴重である」と。だから私も、貴女の側に……この私でもよいのなら、私は喜んで貴女のお話に耳を傾け、貴方のためにお力添えをしましょう。さあ、涙を拭いて下さい。

香奈子　メルシー、メルシーボクー！（香奈子、感涙にむせびながら滞在者の手に口づけをする。）

滞在者　私の手は氷のように冷たいでしょう？

香奈子　いいえ、ムッシュ・ロベスピエール。わたしにはとてもあたたかく感じられます！　これからもこのように香奈子のお隣で休んでいただけますか？　お兄様と幼い妹のように。

（滞在者、無言でうなずく。）

観覧車

（とある遊園地、ベンチに滞在者が座って、目の前にそびえる観覧車をじっと眺めている。香奈子が缶入りのオレンジジュースを持って現れる。）

香奈子　ムッシュ、いつものお飲み物をお持ちしました。
滞在者　メルシーボクー！
香奈子　今朝テレビに映った観覧車をご覧になって、急にあれを見たいとおっしゃったので、とりあえずこんな所にお連れしました。あの乗り物、そんなに面白いのでしょうか？
滞在者　ただ懐かしいのです。パリのチュイルリー公園の夏を思い出します。

香奈子　チュイルリー公園って、チュイルリー宮殿の跡地にある、あの大きな庭園のことですね？

滞在者　ウイ、あそこでかつて国民公会が開かれており、公安委員会の建物もありました。宮殿は十九世紀に焼け落ちてしまいましたが、その庭園に、夏になると遊園地が開かれ、あのような観覧車が立ちます。上にあがるとパリの町が眼下に一望のもとに見渡され、それは素晴らしい眺めなのです！

香奈子　ムッシュ、いい考えがありますわ。あの観覧車に乗ってみませんか？　そしてご一緒に下界を眺めながらお話ししましょう！

滞在者　ダコール！

（二人は観覧車に向かう。二人が乗り込んだゴンドラがゆっくりと上昇していく。）

香奈子　ムッシュ、またお話をお聞かせ下さいませんか。わたしの研究発表のためのクラスを続けていただかなくてはなりませんわ。

滞在者　そうでしたね。ええと、前回はどのようなお話でしたっけ？

香奈子　一七八九年の春、ムッシュが、三部会に出席する新しい代議員として故郷のアラスの町を出発なさった、晴天の朝のことでした。

滞在者　ああ、そうでしたね。あの穏やかな朝、誰もが希望と期待でいっぱいだった。しかしその後、ベルサイユで私達を待っていたものは、あからさまな身分差別だった。五月二日、三部会に出席する代議員達が王に紹介された。聖職者は王の執務室に招かれ、ドアは閉じられた。貴族連の番になると、ドアが開放された。だが第三身分の代議員達は、王の寝室で謁見させられた。

あの屈辱的謁見は私に学生時代の王との最初の出会いを思い起こさせた。一七七五年のこと、若き国王夫妻は聖別式のためにパリを訪れた。彼らの馬車はノートルダム寺院から聖ジュヌヴィエーヴ教会へ向かう途中、我が母校ルイ・ル・グランの正門の前で停車した、整列した教官に迎えられて。私は優秀な学生として学校を代表し、王に私の教官が用意した韻文のスピーチを読み上げる役を仰せつかっていた。それは十七歳の貧乏学生の私にとっては眩しいほどの栄誉だった！　私は幾度も幾度も朗読の練習を繰り返したものだ。そしてついに、その日その時が来た。降りしきる雨のもと、私は正装し、帽子も被らず、王の馬車の前にひざまずき、私の大役を全うした。しかし、王は、ルイ・カペーは、その一学生の一心不乱の表敬になんの関心も示さなかった。雨を避けるために馬車の窓は締め切られていた。王の耳にその学生の朗読の声は果たして届いていたのだろうか？　結局、王の反応は一言もなかった。私の朗読が終わるや否や、馬車はそそくさと去っていった。そして雨にびしょぬれになった貧乏学生はむなしく路上に残された……。

香奈子　まさに運命的な出会いだったのですね！

滞在者　王の寝室でルイ・カペーの姿を目にした時、私はふと、彼があの雨の日のサン・ジャック通りでの小さな儀式を覚えているだろうかなどと、馬鹿馬鹿しいことを考えたものです。そんなはずはなかった。なぜなら彼にとってはおそらく第三身分の一学生など人間の数に入っていなかっただろうから。

その王に対し民衆の怒りが爆発、七月十四日にバスティーユが襲撃された。だがあの当初、あの出来事が、長く激烈な革命戦争に発展しようと予想した者は何人いただろうか？　私の忠実な部下だったマーク・アントワーヌ・ジュリアンはまだ十四歳だったが、彼は私に当時の思い出を語ってくれたものだ。半鐘や太鼓が打ち鳴らされる音を聞きながら、彼は、優秀な生徒に与えられる賞を目指しコルデリエ修道院の試験場に向かった。パリ周辺には国王ルイの命により、スイス軍とドイツ軍が駐留して危機に備え緊張が高まっていた。パリの街を民衆が走り、呼びかけ合い、集まり、武器を探し、互いに集合場所を確認し合っていた。だが、誰もがバスティーユに駆けつけて行ったせいか、セーヌ左岸の試験場の周りはいつもよりも静かで、銃声も届かず、時折聞こえてくる大砲の音も受験生達の別世界を乱すことはなかった。夕刻六時頃やっと生徒達は試験場を出た。その時街中は、バスティーユで闘ってきた者達、汗と埃にまみれ、栄光に包まれた者達で溢れていた！　民衆はあの余りにも容易だった勝利に酔っていたが、実はただ圧制の象徴を壊したに過ぎなかったのだ。ジュリアンは誰もいなくなった試験場へ戻り、散らばっている紙を集めてビラを作り、路上で配ったそうだ、「バスティーユを倒したことはとるに足らない。王座を倒さねばならないのだ！」と書いて。十四歳の少年のビラを真に受ける者は余りいなかっただろうが。

マーク・アントワーヌと言えば、彼の母親のロザリー・ジュリアンを思い出さずにはおれません。優しくて感傷的な一人の女性が、自由への愛に燃え革命への熱狂に駆られて変身していった。彼女は革命の最中、パリの通りから通りへと駆けずり回った。疲れも知らずに。彼女の住まいから、国民公会、チュイルリー宮殿、ジャコバンクラブ、パレ・ロワイヤル、市庁舎……一言で言うならば革命の主な出来事が集中するパリの中心部へ、時には一日に二度も出かけたそうです。当時の女性に許されていた唯一の政治的役目、単なる事件の証人という役目を全うするために。
あれは一七九三年二月二日のこと、彼女は私達三人を昼食会に招いてくれました、妹と弟と私を。私達は、彼女の生まれ故郷の名物料理であるシードルで煮込んだウサギの肉とシードルを心行くまで味わい、そして親愛の情溢れる会話を楽しんだ。その後彼女は息子のマーク・アントワーヌへの手紙の中で、私につき次のように書いている。「あの方は、不可能な企てに果敢に挑む、党の指導者としてふさわしい方です。思索家のように夢想的、法律家らしく冷徹、しかし子羊のように優しくて、ヤング（十八世紀のイギリスの詩人）のようにどこかに暗さを秘めておられる。あの方と向かい合えば、自然とは、こんなに優しい顔立ちを美しい魂にのみ与えるものなのだ、ということを強く感ぜずにはいられないでしょう！」（滞在者、しばし追憶に浸り、それから現実に引き戻される）
おっと、マドモワゼル、話がわき道に逸れてしまいました。パルドン！　一七八九年に戻りましょう。いかにもバスティーユは、共和国設立への長く苦難に満ちた航海の序章に過ぎなかった。三部会の議会はまがうかたなく第三身分を押さえ込もうとする戦場だったのです。かくして私の闘いが始まりましたが、それはまさに孤軍奮闘でした。ミラボーやダントンに比べ、私の声がしゃがれていてよく通らぬゆえに、そして何より私の要求のゆえに、私の演説はしばしば怒号の嵐に押しつぶされた。私が話し始めると、「賛美歌が始まったぞ！　うんざりだ！」という声に会場が笑いにどよめいた。だが、私は繰り返し発言を求めた。演壇の下へ押しやられてもなお、我が演説の原稿の束を振りかざして。私は我が要求を叫び続けた。一定以上の税を払う市民にのみ与えられていた選挙権を全員に平等に与えること、国王の拒否権の廃止、国民公会議員立候補資格の平等、言論の自由、奴隷制の廃止、ユダヤ人差別の撤廃、職人が議会のために働く場合、その日数に匹敵する給料の補塡、等等……。

私の要求は次々と蹴られた。無理もない、当時の議会はほとんどアンシャンレジームそのものだったのだ。十九世紀にある編年史家が、我々の革命を担った者達について次のように描写している。「社会の脱落者、あらゆる種類の堕落者、酒場の常連、浮浪者ども、社会のドブに住む男達、淫売婦、気がふれた狂信者、オスとメスのあらゆる反社会的害虫ども」と。何と悪意と偏見に満ちた記述だろう！　だが、これらの言葉が当時の王党派・反革命派の感情をみごとに表している。私が生きていたなら、このようなやからは即処刑台に送っただろう！

一七八九年の十二月のこと、ツーロンで労働者のストライキと暴動が起こった。

兵器工場の労働者が国民軍への入隊を求めたが、ブルジョワしか受け容れなかった軍に拒絶されたためだった。その暴動を海軍司令官が武力で威圧しようとしたのだ。ツーロンの愛国者達は私に応援を求めてきた。そこで私は議会で、その司令官の弾劾を要求した。当然のことながら、私は激しい攻撃の的となった！　ある王党派の新聞は、私のことを復讐心で凝り固まったダミアンの甥だと書きたてた。ダミアンとはどのような男かご存じですか？

香奈子　いえ、今までわたしが目を通した本には、その名は見当たりませんでしたが？

滞在者　ロベール・ダミアンとはアラス出身の男で、ベルサイユ宮殿の庭に忍び込み、堕落した暴君のルイ十五世がトリアノンからの帰途、馬車を降りた時、彼に刃物を振りかざした男です。王は背中に軽傷を負ったのみだった。だがアンシャンレジームは、この男に情状酌量などしなかった。彼は共犯者の名の自白を強いられて拷問にかけられ、両足をつぶされた。だが、彼は単独犯だと主張し続けた。ついに彼に死刑が言い渡された。彼は市庁舎前のグラーヴ広場に引き出され、処刑台上で、まず王を刺した短刀を握らされた腕をコンロで焼かれ、次いで体の至るところをヤットコで引きちぎられ、さらにその傷口にドロドロに溶けた鉛、蠟、硫黄と油を混ぜた物をかけられた。繰り返される地獄の責め苦に、彼は幾度も苦痛の叫びをあげた。

最後に四つ裂きの刑に処せられた。しかし二時間経過しても彼の体は完全には裂けず、ついに斧によって……。

（香奈子、思わず耳をふさぐ。）

滞在者　そのこの上もなく無残な最期を、観客席にひしめきあった貴族達が、微細のすべてを見逃すまいと遠眼鏡をのぞき、快感に浸った。

香奈子　なんとむごい、なんとおぞましい！

滞在者　そうです。これがアンシャンレジームの実態だったのです。だが、今世紀の人々は恐怖政治のことばかり非難し、我々の革命を血塗られたカオスと決め付け、なぜあのような革命が勃発したのか、いや、勃発せねばならなかったのかという問いには、耳も貸さない。これが正義と言えるでしょうか？　しかし、しかしながら、マドモワゼル、人というものは自分が所有している富を手放すことには猛烈に反発するものです。アンシャンレジームのもと、豊かな、あるいは豪奢な暮らしを保障されていた階級の人々は、貧しい下層階級のための政治の変革には断固抵抗する。このような人々の革命への反感が今世紀も延々と引き継がれているとすれば、何も不思議なことではない。（ふと現実に戻って）ああ、ずいぶん上がりましたね。素晴らしい眺めだ！

香奈子　（少しほっとして）ムッシュがそんなふうに楽しそうに微笑まれると、わたしも本当に幸せになります！

滞在者　しかし、マドモワゼル、観覧車というのはそれとなく悲しい。ネスパ（違いますか）？

香奈子　なぜでしょうか？

滞在者　ゆっくりゴンドラが上昇する。私達がそれと気づかぬ間に、わずかずつ。私達が自分の座席の高さにうっとりとしている間に、いつの間にかゴンドラは頂点を通過してしまう。そして私達が気づいた時、私達はただ下降し続けている。落日のように。そこで私達は自らに問う、一体いつ私達は頂点にいたのだろうと。そう、私はよく自問自答します。一体いつが我々のあの革命の絶頂だったのか？　と。
　それは一七八九年八月二十六日の人権宣言の時だったのか？　はたまたあの一七九一年の民主憲法制定の折だったのだろうか？　あの年、九月三十日、憲法の制定により、憲法制定議会は解散となった。忘れもしないあの日、私とペティオン、後にパリ市長に選ばれることとなるペティオンは、人々の賛美の的となり、「廉潔の士ロベスピエール！　徳高きペティオン！」という歓声が会場中から巻き起こった。会場の外では「純潔の代議員、清廉なる立法議会議員」という声が私の名とともに発せられた。そしてあの時、赤子を抱いた一人の女性が群衆の中から現れ、私の腕の中にその赤子をゆだねたのだ！　私は赤子を抱きしめ、その子の上に感涙の涙をそそいだ。音楽が演奏され、人々の歓声が続いた。熱狂した群衆は、私達が乗り込んだ馬車から馬をはずし、自分達で馬車を引こうとした！　そのような奴隷の行動は新憲法の精神に反するものであり、かつ反対派の中傷の種となる、と我々は断固拒絶した。しかしあれはなんと麗しい、なんと感動的な場面であったことか！

（滞在者は目を閉じてじっと感慨に浸る。）

香奈子　ペティオンはジロンド党でしたよね？

滞在者　その通りです。共通の理想のもと、手をたずさえて革命のための闘いに身を投じた私達だったのだが……ジロンド党は私を裏切り、彼は敵となってしまった。

香奈子　裏切りとは？

滞在者　彼らは人々のための真なる革命の闘士ではなかった。王制を打倒し、彼らが政権を握り、同志達のためにそれぞれの地位を確保すれば、それで革命は終わりだった。貧しい人々のことなどどうでもよかったのだ。

香奈子　ペティオンはその後どうなりましたの？

滞在者　ジロンド党の失脚後、彼はサンテミリオン方面へ逃亡し、身を隠していたが、マーク・アントワーヌ・ジュリアンによって追い詰められ、葡萄畑の中で毒をあおり、自ら命を絶った。その遺体は野犬に食い荒らされていた、と聞きました。

香奈子　まあ、なんと惨めな！

滞在者　マドモワゼル、それが革命というものなのです。話を元に戻しましょう。民衆のための革命に対する抵抗は熾烈を極め、我が祖国フランスは内戦によってズタズタに引き裂かれていきました。王党派対共和党派、富裕層対貧民層、他のヨーロッパ列強諸国は、この革命が自国に波及することを恐れ、一体となって、新生共和国を崩壊させようと、次々と工作員を送り込み、フランス国内を無政府状態に陥れようと画策した。飢饉が続き、食料品や生活物資が欠乏、そこに物資買占め屋と投機家が加わり、人々の生活はさらに窮乏した。彼らは、ギロチンで死ぬも餓死するも同じことだとまで言った。その混乱の裏には、いつもフランス共和国をつぶそうとする外国の陰謀が存在した。私は彼らの影をすべて見抜いていた！

さらにそれに加えて、宗教上の対立がフランス全土を巻き込んだ。アンシャンレジームの時代、王家や貴族とつながりが深かったカトリック派と共和国派のキリスト教徒、及びアテ（無神論者）との間の血で血を洗う抗争が繰り広げられた。マドモワゼル、貴女の平和な国、この宗教に対してはかなり寛容な国で育った貴女には、今私が語っているようなことはおよそ理解しがたいのではありませんか？

香奈子　率直に申し上げますと、わたしには宗教のために血を流すなど思いもよりません。人生の最後に待っているのは死、それは確実なことです。神様だって結局不確かなものとしか感じられませんわ。

滞在者　マドモワゼル、私は今も神の存在を信じています。だが、アテにとっては神は存在しない、彼らは自ら神を殺してしまったのだ！

香奈子　でもムッシュ、このひどい世界を、大災害や戦争、蔓延していく恐ろしい病を見たら、誰だって神の存在を疑いますわ。それが人間の自然な反応ではありませんか？

滞在者　いいえ、貴女は理論をひっくり返しておられる。証拠を出せ、さもなくば我は神の存在を否定する、とはなんと傲慢な！　自分の力を過信して、人間はそこまで傲慢になってしまったのだ。だが、人間の弱さと悪徳、エゴイズムは太古の昔からみじんも変わってはいない。死、災害、戦禍、病魔、それらの災いを耐え忍ぶために、そして克服するためにこそ、人間は神にすがらねばならないのです。

（香奈子は、いつしかうっとりと滞在者の顔を見つめている。）

香奈子　ムッシュ、なんと美しいお顔でお話しなさること！

滞在者（宙を見つめながら語り続ける）あの血塗られた革命、あの地獄の日々を私が闘い続けることが出来たのは、苦悩と絶望の中で自らを支え続けることが出来たのは、神の存在のゆえだった。だが、ジロンドのガデは厚かましくもこう言い放った。「人民を専制政治の奴隷制から解放するために、大きな勇気をもって三年間も身を粉にしてきた人間が、今度は、その人民を迷信の奴隷にしようとする企みに与《くみ》するとは信じ難い。」と！　なんという暴言！　なんという侮辱！　あの憎むべき男は私の魂を踏みにじった。私の腹は怒りで煮えたぎった！

（香奈子、はっと我に返る。）

滞在者　（しばし沈黙して自分の激情を鎮める）数多くの貧しい人民が神を信じ、神にすがり、神によって救われていたのだ。もしも彼らに、神など存在せず盲目の力が彼らの運命を支配し、罪悪と美徳をでたらめに打ち据え、彼らの魂は墓の入り口で消えてしまうはかない息吹さに過ぎない、などと言い放ったら、彼らは慰めも幸福も希望もすべて失ってしまい、絶望に駆り立てられるだろう！　もし神が存在しないと言うのなら、彼らのために、我々は神を復活させねばならないのだ。神など存在しないと言える連中は貴族どもだ。

香奈子　無神論者が皆貴族とは限りませんわ。

滞在者　今世紀の状況は多少なりとも異なっているかもしれません。しかし、マドモワゼル、繰り返しますが、私は神を信じる、神に与えられた試練に耐え、神に課せられた使命のために私は我が血を流し、死を受け入れたのだ。

香奈子　ムッシュ、わたしにはどうしてもあなた様の信仰にはついてゆけません。ムッシュの処刑後、パリ中が暴君から解放された喜びに沸き立ったとか。革命の推進力は落ち、共和国は崩壊し始めました。だからムッシュの死は、まったく報われなかったではありませんか！

滞在者　犬死だったとおっしゃるのですね？

香奈子　（慌てて）いえ、決してそのような！　ただわたしには、命より大切なものが存在するとは思えないのです。殉教に意味があるとは信じられないのです。

滞在者　だが私と私の同志二十一名によって、いや、もっと多くの同志達によって流された血を無駄にすまじと、以後もフランス人民は闘い続けた。繰り返される虐殺、弾圧にも屈することなく。そして、こんにち我がフランスは共和国として君臨している、いまだ多くの矛盾や不幸を抱えながらも。私達同志の理想や夢は幾多の人々に引き継がれ、彼らは人民の平等と幸福のために意志を一つにし、身を砕いている。そうだ、私の血の一滴一滴は、私のプロジェクトの継承者を数多く生み出す多産な種子だったのだ！　これでも貴女は、私の死は犬死だったと？

香奈子　違います！　わたしはただ、ムッシュにはテルミドールの政変をなんとか生き延びてほしかったと……何も無意味な死を受け入れることはなかったのではと。

滞在者　マドモワゼル、貴女に私の死の意味など決める権利も資格もない！

（香奈子、無言。彼女の目から一筋の涙が落ちる。）

滞在者　しかも私は、三世紀も前にこの世を去った男。私の遺体の上にはたっぷりと生石灰がまかれ、私の肉体は微塵も残さず溶け去ってしまった。貴女にとってはいわばなんの関係もない存在だ。

香奈子　ムッシュ、テルミドールを思う時、わたしの胸は張り裂けそうになるのです。わたしは心からムッシュに長く長く生きてほしかったと思っているのです。ただそれだけなのです。

滞在者　私が長生きをしようがしまいが、貴女には無縁の問題。

香奈子　それはあんまりですわ！　わたしは、一人の女としてそう望まずにはいられないのに！

滞在者　一人の女として？　それはどういう意味ですか？

香奈子　それは……（口をつぐむ。）

滞在者　（香奈子の涙に気づき、驚いた様子で）一体どうなさったのです？　なぜ貴女は涙など？

香奈子　（涙を拭きながら）いえ、別に何も。

滞在者　（戸惑いながら）マドモワゼル、もし私の物言いに失礼があったのなら、もし貴女を図らずも傷つけてしまったのなら、深くお詫びします。

香奈子　お詫びなどと、ムッシュはわたしの女としての気持ちを少しも分かって下さらない！

滞在者　（なおも当惑顔で）マドモワゼル、私のしゃべり過ぎに、少しうんざりなさったのでは？

（この時二人の乗ったゴンドラがゆっくりと地上に到達する。滞在者、香奈子の手を取って、立たせる。）

滞在者　さあ、私たちの本日の旅も終わってしまいました。風が冷たくなってきたようですね。今日はこのくらいにして、もう帰りましょう。

香奈子　（現実に戻って）あの、これからどうなさいますの？　もっとお話をしなければ。ずっとご一緒出来ませんかしら？

滞在者　いいえ、同志との会合のために、今夜はまたあちらの世へ出かけなければなりません。明日お話の続きを。

香奈子　ムッシュ、わたしのことを怒っていらっしゃいませんか？

滞在者　とんでもありません、怒ってなど。先ほどはつい感情的になってしまい、申し訳ありませんでした！　貴女は私にとって大切な日本のアミ（友人）です。

香奈子　アミ……。

（二人は観覧車を後にする。）

＊　＊

（明け方、香奈子の寝室。ふと目覚めた香奈子が、不安げに頭を上げ、自分の傍らに目をやる。そこには滞在者がぐっすりと寝入っていて、毛布のふちにふさふさとしたブロンドの髪がのぞいている。）

香奈子　ムッシュ・ロベスピエール、お帰りになっていらっしゃったんですね。ああ、よかった！　ご機嫌をそこねられて、今夜はこちらにはおいでにならないのではないかと……。（香奈子、そっと滞在者の髪にほほを押し付けてささやく）もし、わたしのことをマ・シェリと呼んで下さったら、どんなに幸せでしょう。

リヤドロ

（香奈子のオフィス。コンピューターに書類の入力をしている香奈子。仕事のさなかに彼女の携帯が鳴る。）

香奈子　もしもし？

男の声　香奈子？　僕だ。

香奈子　上月さん！（素早く周囲に目を配る）なんでしょうか？　今ちょっとお仕事を

……。

上月　一体誰なの、あの男？　僕には少なくとも知る権利ぐらいはあると思うけど。

香奈子　誰のことでしょう？

上月　決まっているでしょ？　君のマンションにいる、あの外国人の男だ！
香奈子　あの方は、以前もお話ししました通り、わたしの車との接触事故のために記憶を失われてるフランスの方で、目下フランス語の先生をお願いしておりますが。
上月　君は年寄りだと言ったじゃないか！
香奈子　はい、その通りですわ、かなりの年齢の方ですよ。
上月　ウソだろ？　あの先生は君とベッドを共にするの？
香奈子　わたし達はそんなお付き合いではありません、兄と妹のような……。あの、今ちょっと手が放せないんですけど、ご用件は？
上月　では、最初から話そう。僕は香奈子には本当に悪いことをしてしまったと思っている。僕にとって誰よりも大切な香奈子に！
香奈子　（周囲を気遣い、小声で）そんなことをおっしゃるために、このお電話を？
上月　聞いてくれ。僕達の赤ちゃんのことを思うと、僕だってつらいんだ。毎晩眠れないくらい苦しんでいるよ。それで君に心からお詫びをしようと、今朝プレゼントを持って君のマンションに行ったのだ。なんだと思う？　いつか陶器の店で君が指差して大好きだと言ったあの大きなリヤドロのお人形だよ。上半身ヌードで頭の上に花かごを持ち上げている女の子の。それを香奈子のベッドの横に飾っておこうと思って君の寝室に入った。すると、そこに外国人の男が眠っているじゃないか！　ぎょっとしたよ！　先方は目を覚まし、起き上がった。首に赤い細い輪のような物を付けていた。そいつが、どなたか？　とフランス語でたずねた。そこで僕は香奈子のアミ（友人）で、彼女にカド（プレゼント）を持ってきた、と答え、ムッシュこそ誰だと聞いた。

　すると突然、その男の形相が変わった。血走った緑色の目が三角になり、らんらんと燃え上がり、虎のようなもの凄い顔つきになり、髪の毛が全部逆立ったかのように見えた。口の両端から鋭い牙がむき出されて、いや、そんなはずはない、だがそんな気がしたのだ！　そして、その怪物が言った。あなたのような腐った貴族に名乗る名なぞない、そちらこそ無断で人の家に侵入し、床を空気をけがしている、直ちに出て行け！　と、有無を言わさぬ態度で命令した。なんと無礼な奴だ！　本来の僕なら倍にして反撃するところなんだが、あの男には……僕はかつて感じたことのない、名状しがたい恐怖で固まってしまった。全身が凍り付いてしまったのだ！　なぜなのか今でも分からない。それから奴は、僕の顔を指差しながら、ゆっくりと、力を込めて言った。私はセレラ（悪党）は絶対に許さない、二度とここに現れるな、さもなくばあなたの首を切り落としてやると！　僕は、僕は一言も返すことなくワナワナと震えながら逃げ出してしまった。奴の恐ろしい目玉がどこまでも僕を追ってくるような気がした。ああ、あの目は今も僕の瞼に焼き付いている！

（香奈子、思わず仕事の手を止めて、じっと上月の話に聞き入る。）

上月　香奈子、聞いているの？

香奈子　はい、聞いております。

上月　（しばらくの沈黙の後）香奈子、よく分かったよ、これは僕への復讐なんだろう？　君はしっぺ返しをやっているんでしょ？　僕は全部受け容れなければならない。そういうことなんだね？　分かった、あのフランス人とのことはすべて許すよ、僕が原因なんだから。そう、僕は香奈子を愛しているから。僕のこの気持ちもちろん分かってもらえるよね？

（香奈子、無言。）

上月　よく聞いてくれ、香奈子。君が本当に愛しているのは、愛し続けているのはこの僕だ、そうだろう？　だから、あんな化け物はすぐに追い出して、僕の胸に帰って来てくれ！　もちろんそうするよね？　そして僕達はまた以前のように。

香奈子　（次第に大きな声になって）いいえ、あの方は化け物なんかじゃありません。あの方は清廉潔白で誠実一路の方です。わたしは彼を心から尊敬しています！（周囲の社員が驚いた様子で顔を上げる、香奈子、慌てて声をひそめる）ですから、彼にはこれからもずっとわたしのうちに滞在していただくつもりですわ。

上月　冗談じゃないよ。清廉潔白だって？　それはね、奴には何か下心があるんだ。そうに決まっている！　いや、ひょっとすると多重人格者かもしれない。分からないの？　君はあいつに騙されているんだよ、あの殺人鬼に！　でも、僕の香奈子への愛は変わらないよ。君が許してくれるまでずっと待っている、僕が悪いんだから。君とのデートを、君の電話をいつでも待っているからね。僕達のあの甘い夢の時間を取り戻そうね！

（香奈子、無言。）

上月　あ、それからね、リヤドロのお人形は玄関のホールに置いておいたから。あれ、すらりとしていて香奈子にそっくりな女の子だねえ。きっと君に可愛がってもらえるだろう。必ず香奈子の枕元に飾ってね。では、ボンヌジュルネ。

（電話が切れる。香奈子、仕事を続けようとして、ふと手を止め、かすかに微笑みながらつぶやく。）

香奈子　ロベスピエール様は、きっとわたしを愛していらっしゃるんだわ！

＊　＊

（夕刻帰宅する香奈子。ドアを開け、玄関ホールのライトをつけて、思わず立ちすくむ。香奈子の足元の床には、一面に陶器の人形らしき物が砕け散っている。）

香奈子　まあ！　これはあのリヤドロのお人形じゃない？（身をかがめて、かけらの一つ一つを拾い集めながらつぶやく）あの方が……ロベスピエール様が、過去のわたしを、上月の女奴隷であった香奈子を処刑なさったのね。わたしが生まれ変わるようにと！　でも、変だわ、首がない。一体どこにいっちゃったのかしら？

（香奈子、周囲を探し続ける。）

上月夫人

（夜、香奈子の書斎。ＰＣにフランス革命研究発表会のためのレポートを打ち込んでいる香奈子、その時ドアのチャイムが鳴る。香奈子、インターフォンに向かう。）

香奈子　どちらさまでしょうか？

女性の声　夜分に失礼致します。上月です。

香奈子　（どきっとして）はい？

女性の声　上月の家内です。

（香奈子、顔をこわばらせながら、しばらくの躊躇の後ドアを開ける。髪をアップにし和服姿の中年の女性が立っている。手に佐賀錦のバッグを抱えている。）

上月夫人　今晩は、香奈子さん。お久しぶりね。こんな時間に突然お邪魔してごめんなさいね。ちょっと込み入ったお願いがございまして。

（香奈子は無言で訪問者を迎え入れる。上月夫人はゆっくりと部屋を見回す。）

香奈子　今お茶を。

上月夫人　あら、いいんですのよ、どうぞお構いなく。

（香奈子と上月夫人はティテーブルをはさんで座る。しばしの沈黙の後、夫人は佐賀錦のバッグから白い封筒を取り出し、香奈子の前に置く。）

上月夫人　これを香奈子さんに受け取っていただくために参りましたの。

（香奈子、封筒を取り上げ、中身を見て顔色を変える。）

香奈子　これは一体……。

上月夫人　ご覧の通りのものですわ。一千万円の小切手です。それからあなたのマンションの鍵、理由は香奈子さんご自身がよくご存じのはず。

香奈子　（ゆっくり顔を上げ、夫人を見つめる）つまり、手切れ金ということでしょうか？

上月夫人　それとも慰謝料と申し上げましょうかしら？　どちらでもお好きなように解釈なさって。これ以上のご説明は一切不要と思いますが、いかが？

香奈子　あの、彼は……上月さんはこのことを了解なさっているんですか？

上月夫人　まあ、あたくしが勝手に決めたとでもおっしゃりたいの？　あいにくとこれは上月の意志ですのよ。もちろんあたくしも意見はしましたが。（上月夫人、じっと香奈子の顔を見据える）主人とあなたとのご関係は、以前から薄々怪しいとは感じておりましたけれど、彼にはっきり告白をされた時には、短刀で胸をグサッとやられたような思いでしたわ！

香奈子　上月さんが告白ですって？
上月夫人　あら、香奈子さん、ご自分がそう仕向けたくせに。あんな気持ちの悪い、ストーカーまがいのひどい嫌がらせをしておきながら、なんと白々しい！
香奈子　嫌がらせ？　一体なんのことをおっしゃっているのか、わたし見当もつきませんが？
上月夫人　おやおや、とぼけるのもいい加減になさいな。それならはっきり言いましょう。上月のヨットのベッドの中に、こっそりお人形の首を入れたのはどなたかしら？
香奈子　は？
上月夫人　あの不敵な主人が、あれ以来すっかりおかしくなってしまいましてね。毎晩うなされて、「助けてくれ！　首を切らないでくれ！」と寝言言って。それで、何があったんですかと、問い詰めましたら、ついにあたくしに、あなたとの浮気のことを打ち明けましたわ、平謝りに謝りながらね。
香奈子　待って下さい。それは何かの間違いです。わたし、上月さんのヨットに一人で乗り込んだことなんて一度もありません！
上月夫人　それでは一体誰がやったとおっしゃりたいの？　あれは上月があなたにプレゼントしたお人形だと、彼がはっきり断言しましたわよ！

香奈子　（独り言で）あの方の仕業だわ……。
上月夫人　今なんとおっしゃって？
香奈子　いいえ、別に……それはわたしにも分かりません。でも、わたしは決して。
上月夫人　あなたには動機が十分あるじゃありませんか！　あなた、結婚してもらえない腹いせをなさったんでしょ？

（香奈子、思わず唇を噛む。）

上月夫人　ねえ、香奈子さん、落ち着いてよくお考えなさいな。あなたは聡明な方でまだ若いんですもの、いくらでも出直しがききますことよ。何も泥棒猫みたいなまねなんかなさらなくてもね。
香奈子　奥様、泥棒猫なんてあんまりです！　わたしは上月さんのことを心から愛しております。遊びでも打算でもなく！　わたし達の間にはわたし達二人だけの世界が……
上月夫人　（声を荒げて）いい加減になさい！　あなたには上月のことなんか何も分かっていないわ。彼はとにかく若い女の子には目がないのよ。とっかえひっかえ、いろんな娘《こ》と遊んでね。あなたとのことも全部遊びだったって、彼、白状しました。そのお遊びがよくもまあ三年も続いたものだわ。でも、ご自分の魅力のせいだなんて思わないことよ。男にとって相手は誰でもいいの、男は幼い坊やだからおもちゃが欲しいだけのこと。お金と時間と体力がそろっていれば男は皆ああなるの。そのくせ、主人は私達の子供のことは溺愛していますのよ。子供達なしでは、彼は生きられないの。いいこと？　あなたにあたくし達の家庭を滅茶苦茶にする権利なんてありませんわ！　いえ、あたくしがそうはさせません！　あなたの攻撃を必ずたたきつぶしてやりますわ！

香奈子　奥様、とにかくこのお金は受け取れません！　わたしの愛は、愛は金額ではありません、心です！　これはわたしへの侮辱です！

上月夫人　まあ、盗人猛々しいとはこのことね！（苛々した様子でバッグを抱えて立ち上がる）では、お好きなようにお考えなさいな。これ以上あなたと付き合っている時間などないわ。ご自分の立場をよくお考えになることね。（ドアへ歩むが、ふと振り返る）香奈子さん、そういえば、あなた中絶なさったんですってね。なんて可哀相なあなたの赤ちゃん！　でも、賢明なご決断だったかもしれなくてよ。上月があなたの赤ちゃんを認知しようものなら、あたくしはその赤ちゃんに何を仕出かしたか分かりませんもの。とにかく、香奈子さんとあたくし達と双方が幸せになれるような円満な解決を祈っておりますことよ。お邪魔しましたわね、これで失礼いたします。ごきげんよう、香奈子さん。

香奈子　（立ち上がり、上月夫人を追う）お待ち下さい！　上月さんご自身の赤ちゃんを殺せとおっしゃったのは……。

（上月夫人、ドアの向こうに消える。目の前で閉められたドアを睨みながら立ち尽くす香奈子。しばしの後、外の通路から里美の声。）

里美　香奈子、いるんでしょ？　あたしよ。入ってもいいわね？

（里美が現れ、香奈子に歩み寄る。）

里美　何かあったみたいね。誰？　今の女の人。
香奈子　奥さんよ、彼の。上月夫人よ。
里美　ええっ？　何しに来たの？

（香奈子、テーブル上の白い封筒を指差す。）

香奈子　小切手よ。

里美　そのう、つまり……。

香奈子　そう、手切れ金よ！　それと、ここの鍵。

里美　つまり、そのう、全部奥さんにばれたってわけ？

香奈子　彼が白状したそうよ。自分は中年女の嫉妬でドロドロのくせに、威張っちゃって！　ふざけるなって言いたいわ。こんなもの、わたしが受け取るとでも思っているの？　馬鹿にしないでよ！

（香奈子、封筒をつまみあげ、いきなり引き裂こうとする。里美は慌てて香奈子の手を押さえる。）

里美　ちょっと待ちなさいってば！　香奈子は今頭に血がのぼっているわ。紙っぺら一枚やぶくなんていつだって出来るじゃない。何も今やらなくたって！

香奈子　わたしは娼婦じゃないわ！　なにが上月の家内よ、お金のためだけで妻の座に居座っているくせに！　上品ぶったって本性丸出しだわ！　卑しいのはあっちよ！　死ぬまであの女のことを軽蔑してやるわ！

里美　（素早く香奈子の手から封筒を取り上げる。）とにかく、これはしばらくあたしが預かるわ。どうしても嫌だって言うなら、あたしが返しに行ってあげるわよ。社長夫人の前にたたきつけてやればいいんでしょ？　それで気が済むんでしょ？　だから今はちょっと待ってね。頭を冷やすのよ。さあ、深呼吸して！

（香奈子、肩で大きく息を吸い込む。）

里美　ねえ、忘れちゃいけないわ。上月夫人の立場は絶対に優位よ。妻としては当然の行動かもしれないわ。これから香奈子はどうすればいいのか、それをじっくり考えなくちゃね。

香奈子　（ようやく冷静になる）ごめんなさい、里美、ついかっとなっちゃって。でも、これ彼への未練ってわけじゃないのよ。わたし、もう本当におしまいにしようって決めたんだから。ただね、こんな形で終わるなんて。彼がわたし達の思い出のすべてをお金と一緒に捨ててしまうなんて……やっぱりショックだったわ。

里美　所詮はその程度の男だったってわけよ。だから全部忘れることね。まあ、彼との思い出を少しは素敵なものとしてとっておきたいっていう気持ちも分かるけど。

香奈子　いいえ、もういいの。これで完全に踏ん切りがついたわ、今度こそ！

里美　よかった！　今夜は、あのムッシュがお留守だっていうから、ちょっとフランス革命の研究発表会のお話をしようと思って来たんだけど、あたしこれで帰るわ。何か仕出かす前に必ずあたしに相談してね。あたし達友達なんだから！　じゃあボンヌニュイ！

香奈子　ありがとう、里美。

（里美、香奈子のマンションを去る。）

カタコンベ

（真っ青な海、正面にゴツゴツとした岩山がそびえ、麓は暗礁になっており、白い牙のような白波が砕けている。その岩山に向かって真っ直ぐに伸びる細い長い橋。香奈子と滞在者がその橋を岩山に向かって歩いている。）

滞在者　この眺めはさながらモン・サン・ミッシェルのようだ。

香奈子　ああ、あのノルマンディーの神秘的な島ですね！　わたし、一度行ってみたいと思っています。この橋の先の岩山は修道院とは無関係ですが、内部には何万年も前に自然に出来たというトンネルが回廊のようにめぐっており、一番奥は洞窟になっています。是非そこまで行きませんか？

滞在者　ダコール（そうしましょう）！

（二人は橋を渡りきり、岩山の内部に入る。そこには細い遊歩道があり、所々にある岩の開口部から差し込む陽光に薄明るく照らされている。波が岩にぶつかり砕ける音が規則正しく響いている。）

滞在者　自然の造形物は実に驚くべきものだ！

（二人は歩を止め、岩の開口部からじっと海を見下ろす。）

香奈子　この眺めは、いつぞやの山登りの折私達が見下ろしたあの海を思い出させますね。

滞在者（懐かしそうに）まさに。しかし、ここは暗礁が多いですね。船にとって危険極まりない暗礁が。

香奈子　ここにはどんな船も絶対に近寄りませんわ。座礁の危険が非常に高いそうです。

滞在者　革命政府は二つの暗礁の間を操舵しながら航行せねばならない、と私は言った。

香奈子　二つの暗礁とは？

滞在者　緩和主義と過激主義です。前者は不能が原因である貞潔に等しいもの、そして後者は水腫症を引き起こしてしまう活力のようなものだ。

香奈子　でも誰もが殺気立っている時に、そのようなお言葉はなかなか受け入れられなかったでしょうね。

滞在者　その通りです。私の訴えは聞き入れられず、革命派はますます内輪もめを激化させ、分裂によってズタズタになっていきました。

（二人は遊歩道を歩み続ける。日光が届かない箇所では天井の小さな明かりが通路をぼんやりと照らしている。）

滞在者　この通路はパリのカタコンベのようです。

香奈子　え？　パリにカタコンベがあるのですか？

滞在者　はい、十八世紀、革命の起こる前に発案されたパリ大都市計画の折、パリ中の墓地から追われた人骨が、一八一〇年、ガロ・ローマ時代の採石場跡に集められ、カタコンベが造られたのです。そこには無数の頭蓋骨が累々と積まれており、一七九二年八月十日のチュイルリー宮殿襲撃の時に命を落とした愛国者達の骨も眠っています。

香奈子　まあ、なんという凄いカタコンベでしょう！

（波の音がひときわ大きく響く。波が引いてしばしの静寂が訪れる。）

滞在者　リベルテ（自由）のために、そして万民が人間らしく生きられるような国を築くために、いかに多くの血が流されたことか！　その血を利己主義のために利用する者達、汚す者達を私は心から憎んだ！　その者達は抹殺されるにふさわしい悪党どもだ！　共和国は美徳によって支えられなければならない。しかし、マドモワゼル、美徳はテルール（恐怖政治）なしでは無力なのだ。テルールは共和国のために不可欠だった。ただし、それは美徳を無視すればただの野蛮な殺戮に終わってしまう両刃の剣。そして、それこそが我々の共和国を待っていた暗い運命だった！　サン・ジュストは言った。「革命はついに凍りついてしまった。革命のすべての原理は衰えてしまい、もはや悪の陰謀が被っている赤い革命帽しか残っていない。テルールの行使は、犯罪を無感覚にしてしまった。強いリキュールが味覚を無感覚にするように！」

（二人の道はまた岩の開口部にさしかかり、陽光が二人を包む。滞在者は立ち止まり、水平線を見渡す。）

滞在者　美しい太陽の光！　なぜ、あの光が私達の必死の闘いによって生まれたあの共和国を照らしてはくれなかったのだろうか？　なぜ、道徳が利己主義に、悪徳への軽蔑が不幸の軽蔑に、気高い精神が虚栄に、人間の真なる栄光への愛着が金銭への愛着に、そして幸福の素晴らしさが官能的倦怠にとって替わることがなかったのだろうか？

香奈子　ムッシュ、それはすべて余りにも高過ぎる理想ではありませんか？　永久に人類が到達することの出来ないユートピアではないでしょうか？

滞在者　だがその理想のための闘いを阻むものこそ人間の悪徳なのだ。その悪徳との闘いを放棄すれば、人類は堕落の一途を辿るだろう。だから我々は闘い続けねばならない、たとえ勝利の希望が見えない闘いでも！

（二人は陽光を後にふたたび歩き始める。）

滞在者　来る日も来る日も私は闘い続けた。国民公会で、公安委員会で、そしてジャコバンクラブで。朝七時にはチュイルリー宮殿の公安委員会の部屋に座り、郵便物、特に軍関係の至急便に目を通した。十時に公安委員会の非公式の会議が始まり、法令関係の書類に署名をした。午後一時、国民公会に臨んだ。その日の新たなる闘いのために。夜八時には再度公安委員会の会議へ。会議の合間には豚肉料理とパンと一本の水が運び込まれ、その会議は翌朝一時とか二時まで続いたものです。このようにして公安委員会は、一日に四百から五百件の案件を処理した。さらにその後、別の会議が入り、夜明けまで続くことも稀ではなかった。

香奈子　なんという過密スケジュールでしょう！　それでは誰もが疲労困憊だったことでしょうね。

滞在者　しかしすべては共和国創立という夢のためでした！

香奈子　その疲労にさらにテルールの恐怖が加わったわけですね。代議員達は、いつ自分が告発され死刑宣告を受けるか分からないと戦々恐々とし、その恐怖の余り自宅に帰れない者もいたとか。

滞在者　恐怖に慄いていた者達は、国民公会に巣食っていた後ろめたい悪党どもだ。国民公会の中には共和国を滅亡させようとたくらむ徒党が確実に存在した。彼らは、心から人々の幸せを願う者を中傷し侮辱した。彼らは物資の買占めを後押しし、飢餓と戦争を引き起こし、すべての災いの根源は革命派の愛国者にあると言い放った。かつて彼ら自身が共和国の敵として革命裁判所に送ろうとした悪党どもを、無節操に呼び集めて徒党を組み、革命政府を倒そうとしていたのだ。

また、エベール、ショーメット、ロンサンは、過激な破壊活動により革命政府を耐えがたくおぞましいものにし、その政府を倒そうと画策をめぐらす列強王国の工作員達につけこむ機会を提供することとなった。なぜならば、過激派と敵国の破壊的活動者はもはや区別がつかなかったからだ。デムーランはその革命政府を自分の記事で皮肉を込めて攻撃、そしてファーブルとダントンは彼を守ろうと陰謀を企てた。さらにダントン、ファーブル、デムーランは祖国の敵に対する寛容を説き、リベルテにとどめをさすことになる敵との和睦を画策した。ダントンはその交渉から汚れた大金をせしめた。あの腐った偶像に成り下がった男は、私が美徳を説いた時、笑いながら答えた。「俺にとっての美徳は毎夜女房と一緒に頑張るあの行為、あれ以上の美徳はない！」と。また私にとってかけがえのない世論と後裔のことを嘲笑した。世論は所詮娼婦のようなもの、後裔は愚鈍だと言い放った！　よくもあのような暴言を、この私に対して！　一七九三年、彼が過激派に攻撃された折には、弁護までしてやったのに。ダントン、私の言葉を覚えているか？「何びとといえどもダントンをわずかでも咎める権利は持たない！」

だが彼の処刑後、彼の敵だと宣言した連中は彼の模倣者に成り果て、エベールを弾劾した者達が、こんにち彼の共謀者達を擁護し、かつて国民公会のある議員達を公然と攻撃した者達が、今は真の愛国者達を破滅させるために、その攻撃した相手と手を結んでいる、なんというひどい有様だったことか！　悪党どもは生まれたばかりの共和国を自分らの欲得によって踏みにじろうとしていた。私は怒りと焦燥に身を苛まれた。真っ暗な共和国の未来！　私に残されていた道はただ二つ、すべてを放棄して退散するか、はたまた闘い続けるか？　いや、私の道は一つだった。我が信条を死守して私は闇の中で闘い続けた。裏切り者を、共和国の敵どもを一人、また一人と打ち倒して。

その私に共和国の敵は執拗に攻撃をしかけてきた。一七九四年の五月二十二日、ある王党派の男が私を暗殺せんと捜しまわったが、狙う相手を見つけることが出来ず、その結果コロー・デルボアに発砲した。またその翌日、王党派の若い女がやはり私を狙い、短刀二本を携えてデュプレイ家に現れた。エレオノール・デュプレイが彼女を怪しいと見抜き、家に入れなかった。かくして二日間にわたり、暗殺者が次々と私の命を狙った。それはそのまま共和国への挑戦ではなかったか？　私は共和国の設立という我が天命を全うすることなくこの世を去らねばならなかったのか？　私の死後、聖なる共和国が冒瀆者の汚れた手によって滅ぼされるにまかせて！　私はますます焦った！　市民達もこの事件に衝撃を受け、リベルテが危機に瀕していると国民公会に訴えた。我が友クートンがプレリアル法[注]を立案した。この法は、敵に厳しい警告を与え、もしかしたら敵への最後の一撃になるかもしれなかった。私はそう考えていたのだ。だが、私への憎しみを募らせていた無神論者のビヨ・ヴァレンヌは、「貴様はこの法律で国民公会をギロチンにかける気か！」と詰め寄った。私は怒りに涙し、こう言った。「私はこの公安委員会で孤立無援、誰も私を支持してくれないのか！」この日の会議は大激論となり、怒鳴り声はチュイルリー宮殿の外にまで響き渡り、驚いた市民達が集まってきて耳をすました。このた

プレリアル法　反革命分子の敏速な根絶を目的として公布された法律。革命裁判所で共和国の敵であるとの裁判を下された者は、弁護や控訴無しで、二十四時間以内に処刑されるものと定めた。

めに以後我々の会議は上階で行われるように変更されたほどだった。

いかにもプレリアル法は共和国の敵どもを滅ぼすことになったはずだ。もし悪党どもがこの法を利用することがなかったなら。だが、彼らはみごとにその法を悪用し、彼ら自身の利益のために役立てた。ギロチンによるとどまるところを知らぬ大量殺戮がフランス全土に繰り広げられた。

私は、共和国を神への信仰と道徳によってまとめようと「至高存在の祭典」の実施を決意した。六月四日、私は国民公会の議長に選出された、満場一致で。その四日後、六月八日、プレリアル法施行のわずか二日前、あの素晴らしい晴天の日、まさに天使が私に愛の翼を大きく広げて祝福してくれているような美しい日に、その祭典は催された。サントノーレ通りからチュイルリー宮殿にかけ、バルコンを花が飾り、窓辺には花飾りとトリコロールの旗が帯をなしていた。私はトリコロールの帽子の羽飾りと帯を身に着け、ブルー・セレスト（空色）のアビ（上着）をはおって……。

香奈子　もしやそれは、あの最初にお会いした夜お召しになっていた青いアビではありませんか？

滞在者　その通りです。チュイルリー宮殿の庭園で、私は市民達を前に演説した、「自然の創造者は万民を大きな愛と至福によって一つに結んだ。その結束を壊そうとした暴君どもは滅びねばならない！　フランス共和国民よ、彼らが汚した大地を清め、彼らが追放した正義を呼び戻すのは貴方方の任務だ。国民よ、神の庇護のもと、最も清らかな喜悦に身をゆだねよう。そして明日は悪徳及び暴君どもと闘うのだ！」と。オーケストラの演奏が流れた。私は空を指差す知恵の女神の白い像へ進み、彼女を囲むように置かれた、無神論、野心と利己心の偶像を焼き払った。この式の後、長い行列がシャン・ド・マルスへ向かい行進を始めた。角が金色に塗られた六頭の雄牛に引かれ、赤いドレープに包まれた勝利の山車が、人々の啓蒙の象徴である印刷機と農民や職人の生産物を積んで、ゆっくりと進んだ。市民の一人がローマ時代のトーガをまとい月桂冠をかぶり、古代ローマ軍を模した軍旗に「至高存在」と銘が入れられた幟を振りながら行進、私は彼に続き、議員の行列の先頭を歩いた。麦の穂と花の花束を持って。人々は私に「共和国万歳！　アンコリュープティブル（廉潔の士──L'incorruptible）！」と歓声を上げた。そして群衆は至高存在を称える賛美歌を歌った。

しかし、その私が魂を込めて実施した祭典の間中、私の背後で敵の議員達が聞こえよがしに囁き合っていた。「見ろ、一人で気どっていやがる奴を」「ふん、あいつの日ってわけだ、偉大なる司祭様」「カピトル神殿の一歩先はタルペヤンヌの崖だというのに！」それはまさに私への攻撃と脅迫だったのだ。その日の夕刻デュプレイ家に帰宅した私は彼らに告げた。「もう私の先は長くない」と……。

「至高存在の祭典」の一週間後のこと、それをあざ笑うごとく、悪党どもが宗教がらみの邪悪な画策を企み、私を陥れようとした。妖しげな布教活動のために革命前バスティーユに投獄されていた老婆が、あるカルト集団を率いて「神の母」と自称した。保安委員会の無神論者、老獪なヴァディエは、その老婆がアンコリュープティブルを救世主だと言って崇拝しているとやり玉にあげ、彼女が私に送ろうとしていたという手紙まででっち上げた。だが、彼女は文盲だったのだ。さらに彼女とその信者達を逮捕、背後に英国の侵略の陰謀があると公言した。国民公会はヴァディエの報告書を印刷しフランスの全軍隊、全コンミューンに送ることを決定した！私はその報告書と資料を私に引き渡すことを命じ、この馬鹿馬鹿しくも忌まわしい事件が不問に付されるよう抑えこんだ。ほかにどのような対処が出来ただろうか？そして私は言った。「私はあらゆる虫けらを軽蔑する。私は我が目標に向かってただ真っ直ぐに進むのみだ。ヴェリテ（真実）へ、そしてリベルテへ！」と。

だがその後、公安委員会でこの事件や宗教について、また人事について激論が交わされ、カルノーとビヨは私を独裁者だと非難した。この私が独裁者だと？　革命に身を捧げ、母国のために死ぬことさえいとわない私を独裁者だと？　私は怒りで全身を震わせた！「では、君達だけで祖国を救うがよい。私抜きで！」そう叫んで、部屋のドアをバタンと閉め、私は退室した。サン・ジュストのみが私に付いてきた。

（滞在者、声を詰まらせ、むせぶ。香奈子は滞在者の背に静かに腕を回す。滞在者、かすれた声で付け加える。）

滞在者　この事件の後、私は極度の疲労と絶望の中で、公安委員会にも国民公会にも出席せず、ついに引きこもってしまった。

香奈子　サン・ジュストがムッシュを咎めていたあの件ですね？

（滞在者、黙ってうなずく。しばらくの間、二人は岩を打つ波の音に耳を傾けながら歩み続ける。やがて薄暗い遊歩道は大きな洞窟に達して行き止まりとなる。そこでは波の音も遠くなり、天井の淡い明かりのもと、薄暗闇に包まれた岩の部屋がうつろに口を開けている。）

滞在者　カタコンベの奥殿にたどり着きましたね。

香奈子　ムッシュ、この洞窟は墓穴ではありませんよ。

滞在者　いいえ、これは私の人生の行き止まりを象徴している。どこにも出口はない。（滞在者、じっと洞窟の奥を見つめる。）いや、あったのかもしれない、だがその出口から逃れ出ることは私の運命ではなかった。私を待っていた運命は、と言うより、私の天命は殉教者として死ぬことだったのだ。あのテルミドール八日、私は国民公会を前に私の最後の演説を始めた。「本日、私は貴方方に私の心を明かさねばならない。これは私の遺言の演説だ」もはや我が勝利への希望など持ち合わせてはいなかった。だが奇跡への一縷の望みを抱いて私は最後の賭けを試みた。真実をすべて語り、私の信条を訴えることにより、国民公会の善なる議員達が、ひょっとして私に応えてくれるかもしれないと……分裂状態の左派山岳党は私に背を向けたが、中立派が、ひょっとしたら右派さえも付いてきてくれるかもしれないと。私は練りに練った原稿を読み、演説を続けた。私がいかにひどい個人攻撃を受けてきたか、次々と現れた悪徳が、いかに国民公会が布告した偉大な原理を弱体化させようと企み、また、あの崇高な国民祭の記憶を消し去ろうとしたか、リベルテと公安委員会に攻撃が加えられ、革命政府を破壊するための数々の画策がいかに邪悪に実行されているか。そして私は言った。「革命の急流は、市民の美徳と様々な悪徳とをごちゃ混ぜにしている。私は時々恐れる。人間の誠実なる友の間に紛れ込んでいる邪悪な者達の汚れた存在のゆえに、ポステリテの目には私も汚辱にまみれているように見えるのではないかと！」「国民よ、貴方方の敵は貴方方を、諸悪の根源を成す一握りの詐欺師のために犠牲にしようとしている！」そして最後に私は悪への真なる対抗措置を提言した。「共和国の裏切り者を処罰し、腐敗した保安委員会を粛清せよ、次いでその委員会を公安委員会の支配下に置くのだ。その後公安委員会を粛清、国の中枢であり審判者である国民公会の最高の力の下に政府の統一を果たし、あらゆる徒党を根絶やしにし、その廃墟の上に真なる正義と自由の力を確立させること、これこそが守らねばならない大原則だ！」と。演説の最後に私はこう叫んだ。「私の今日あるは罪悪と闘うためである、罪悪を統治するためではない。善を志す人々が攻撃されることなく祖国のために尽くせる時代は未だ訪れない。リベルテの擁護者はただ追放されるのみだ。悪党の群れが支配する限り！」

（滞在者の声が洞窟の壁に反響する。香奈子は再び滞在者の背に手を回す。）

香奈子　ムッシュ、それは素晴らしい演説だったことでしょう。でも、あなた様の敵どもは震え上がったのでは？　そのムッシュへの恐怖が彼らを、左派・中立派・右派を皆一つに結託させてしまったのではないでしょうか？

滞在者　その悪党どもがテルミドールの八日の夜から九日の朝にかけてどこで何をし、どのようなどす黒い策謀を立てたのか、それを私は翌日の国民公会でつぶさに知った。私を暗に擁護する演説をサン・ジュストが始めたとき、あのタリヤンが、退廃したボルドー女[注]にうつつを抜かした唾棄すべきタリヤンが怒鳴った。「私に発言を！」そしてサン・ジュストを黙らせた。以後、議長は二度と我々に発言の機会を与えず、悪党どもが本性をあらわにして代わる代わるに我々を糾弾する演説を始めた。前日の私の演説を逆手にとって、彼らは主張した。私が盗賊の公務員達を擁護し、プレリアル法を悪用し、独裁者の力で愛国者達を蹂躙し、政府転覆を目指してクーデターを計画し、国民公会の喉をかき切ろうと企んだ、等々！

　私は抗議すべく壇上に上がろうとした。だが、その時私に怒号が発せられた。「暴君を倒せ！」演壇を独占した忌むべきタリヤンは、私が関与していない数々の逮捕を、公安委員会警察部にいた私の命令だったと言い張り、私を非難した。どれも事実無根だった。私は激怒して怒鳴った。「嘘をつけ！」だが私の抗議に満場が再び罵倒を浴びせ始めた。「暴君を倒せ！　暴君を倒せ！」（滞在者の声が洞窟の壁に反響する）私は叫んだ。「議長、異議あり！　私の敵は国民公会を悪用しようとしている！　議長、私に発言を！」その私の要求に「暴君を倒せ！　暴君を倒せ！」という罵声がますます大きく私を押しつぶそうとした。私は善なる人々の支持と激

ボルドー女　かつて侯爵夫人だったバツイチのうら若き美女、テレシア・カバリュス。母親はスペイン人。ボルドーで、彼女にぞっこんの醜男タリヤンをあやつり、多くの反革命の容疑者を釈放させた。ボルドーに赴任してきたマーク・アントワーヌ・ジュリアンに接近、劇場の桟敷で、一緒にアメリカに逃げようと誘惑するが、ジュリアンは拒否、その場で彼女の桟敷を去る。後に彼女はロベスピエールの命により逮捕され、パリの獄中よりタリヤンに送りつけた手紙の中で、「あなたはロベスピエールを倒せない名うての臆病者」と非難。その突き上げに乗ったタリヤンはロベスピエール打倒の陰謀に加わり、テルミドール九日、国民公会の演壇下でロベスピエールに刃物を振りかざした。その年十二月に二人は結婚、テレシアは社交界のファッションリーダーとなる。しかし浮気を繰り返し、八年後にタリヤンと離婚、その三年後に若き子爵と再婚、十二人の子をもうけた。

励を求め、傍聴席に向かって両手を上げた。だが、そこには私を見下ろす怒りの顔と嘲りしかなかった。当然だ、前もって傍聴者の集団には狡猾な人選がなされていたのだ。私は最後の力を振り絞って抵抗を続けた。「議長、私に発言を！　私に発言を！　私に発言を！　悪党ども！　卑怯者！　偽善者！　議長、なんの権限を持って暗殺者達を庇うのだ？」私は声が詰まった。すると奴らは言った。「ダントンの血がお前の喉を詰まらせたのだ！」私は怒鳴り返した。「お前はダントンの復讐をしたいのか？　臆病者！　なぜあの時彼を弁護しなかったのだ！」悪党の大合唱が続いた。「暴君を倒せ！　暴君を倒せ！」そしてついに私の逮捕が満場一致で可決され、全員総立ちで、自由万歳、共和国万歳！　の歓声を上げた。「共和国だと？　共和国は失われた。悪党が勝利したのだ！」これが私の最後の抗議だった……。

（滞在者、深いため息をつき、目を閉じる。）

香奈子　五年間も人々の幸福のために闘い続けてきた一人の清廉な革命家を、今度は自分達の利益のために、よってたかって打ち倒すなんて……でもそれが政治なんですね。

滞在者　卑劣極まる奴らは策謀によって私から人々を守る権利を奪った。そうだ、母国に命を捧げ、罪なき人々を圧制から救おうと闘う私を抹殺しようと！　私にはもう母国のために尽くすことは許されなかった。陰謀が常に真実に勝利し、正義が虚偽とされ、人々のための神聖な利益が踏みにじられて、最も汚れた情熱がそれに入れ替わる。このような世に私はもはや生きながらえたいとは思わなかった。ショーメットよ、フーシェよ、死は永遠の眠りではない、死は永遠の始まりだ。私は、アンコリュープティブルは、美徳の道を歩んで、赤い夕日の光を浴びながら、我が同志達の血で染まった処刑台へ登った。あの「至高存在の祭典」の日に着ていたブルー・セレストのアビを肩にはおって！

（滞在者、暗い空間を見つめながらしばらく沈黙する。遠方から聞こえる波の音。滞在者再び語り始める。）

滞在者　かくして私の三十六年の生涯は終わりました。私は確かに幾つかの過ちを犯したかもしれない。あるフランスの歴史家が書いている。「その一徹な性格のゆえに彼は他人に自分と同様の自己放棄を強いた。生来の疑り深さから、人間の弱さから生じるであろう不幸を余りにも誇大視してしまった」それはたぶん当たっていただろう。「あの民主主義の聖人は、人間のうまい扱い方をもっとよく知らなかった故に命を落とした」それも私は認めよう。しかしマドモワゼル、歴史的事件の結果を知って後に、それに関わった人物を批判するのはなんと容易なことだろう！　私は、私自身は、常に人々の幸せを願い、我が理想を実現したいという切望のために闘い続けた。私は我が人生につき何一つ恥じることも悔やむこともない。そしてもう一つ、私は胸を張って言える。テルールは、悪徳のアンシャンレジームを、二度と息を吹き返さないように徹底的にたたきつぶし、かつ我が祖国を外国の侵略による崩壊からみごとに守りきったのだと！　テルールはフランスのために不可欠だったのだと！

香奈子　ダコール！　テルールによって多くの血が流されたことは余りにも悲惨でしたけれど、それがフランス共和国の確立に貢献したことも否定できないというわけなのですね。

滞在者　まさにその通りです。ただ、マドモワゼル、私には、今も胸が張り裂ける思いがあります。それは……（滞在者の目が涙でうるむ。滞在者、白いハンケチを取り出して目頭を押さえる）それは、人々のために命を捧げた私の額の上に恥辱と不名誉のみが注がれ、人々に嫌悪されながらこの世を去らねばならなかったことです。そしてその後も私は血まみれの独裁者という汚名を着せられ、不当な中傷に今もさらされている！　この日本においても。

香奈子　いいえ、ムッシュ・ロベスピエール、それは必ずしも当たってはいませんわ。あなた様についての評価はこんにち着実に見直されているようです。真実を追究する人々によって新しい研究が次々と始められ、ムッシュの清廉さ、誠実さ、そして情熱が人々に徐々に認められてきています。わたしもこれから出来る限りのお力添えをさせていただきます！

滞在者　メルシー・メルシーボクー、マドモワゼル・カナコ！

（滞在者、香奈子の額に口づけする。二人は洞窟を後にし、岩の開口部から、水平線に沈み行く夕日を眺めながら、帰途につく。再び大きな波の響き。）

＊　　＊

（海沿いの駐車場。赤い夕焼けを背景に、二人が訪れた岩山が海の彼方に黒々とそそり立っている。滞在者、車の背もたれによりかかり、目を閉じている。

（運転席に香奈子が座っている。）

香奈子　ムッシュ、お疲れですか？

滞在者　はい、少々……また長い演説をやってしまいました。私の悪い癖で……マドモワゼルこそ、うんざりなさっていませんか？

香奈子　うんざりなどと、とんでもありませんわ！　素晴らしい講義の数々を有り難うございました！　でも、もうこれでおしまいなのでしょうか？

滞在者　はい、これで私の講義はすべて終わりです。

香奈子　ムッシュ、最後にもう一つだけお伺いしたいことがありまして。よろしいでしょうか？

滞在者　（目を閉じたまま）私にお答え出来ることならなんなりと。

香奈子　マドモワゼル・エレオノール・デュプレイのことです。エリザベス・デュプレイのお姉さまで、絵を習っておいでだったとかいう。

（滞在者、目を閉じたまま、眉根にシワを寄せる。）

香奈子　ムッシュ、ご不快でしょうか？
滞在者　不快というよりも……彼女と私の関係については多くの歴史家が色々と取りざたしているのを知っています。だから、また始まったかという、ただそれだけなのですが。
香奈子　申し訳ございません。でも、どうしても気になるのです。あの、ムッシュの靴下を干しておられたという方、ムッシュの身の回りのお世話をすべて引き受けられ、絶対に他の方々には任せなかったというデュプレイ家の長女の方……そしてムッシュが「いかに愛するかを知っているように、いかに死すべきかも知っている雄々しい魂」とお褒めになったというその女性です！

（滞在者、無言）

香奈子　ムッシュ、一つだけお答えいただけませんか？　彼女は本当にムッシュのフィアンセだったのでしょうか？
滞在者　マドモワゼル、それが革命に関係があるとでも？
香奈子　いいえ、ただ……気になるのです、女として。

滞在者　デュプレイ家の方々は確かにそのように強く望んでおられました。しかし、私は……。

香奈子　（身を乗り出して）彼女のことを愛していらっしゃらなかったのではありませんか？

滞在者　愛するとはどのような意味でおっしゃっているのか分かりませんが、私は、彼女を、妹さん方、弟さんと同じように家族の一員として愛していました。また彼女の美徳と毅然とした勇気ある行いの数々を高く賞賛していました。彼女も、私を敬愛し、本当の兄に対するように、実によく尽くしてくれました。ゆえに私の心はいつも彼女への感謝の気持ちでいっぱいでした。私の命を狙った女をみごとに撃退してくれたのも彼女だった。マラーの妻はシャーロット・コルデイを彼の浴室へ入れてしまったが。

香奈子　でも、ご結婚はなさらなかった。

滞在者　マドモワゼル、思い出してください。私の天命は革命にすべてを捧げることだった。彼女とともに過ごす甘い時間など皆無に等しかった。さらに……。

香奈子　さらに？

滞在者　私はいつ死ぬか分からぬ身だった。いや、自分の最期は予期していた、と申し上げるほうが正しいでしょう。私は、ル・バのように、ある女性に我が子を残しみすみすその母親を未亡人にしてしまうことになるような行動には踏み切れなかった。そのことをエレオノール・デュプレイも十分理解してくれていた、と信じています。

香奈子　（小声で日本語でつぶやく）きっと本当は、彼女のことを女性としては愛していらっしゃらなかったんだわ。

滞在者　今なんと？

香奈子　いいえ、別に。

滞在者　マドモワゼル・カナコ、今度は私のお願いを一つ聞いていただけますか？

香奈子　なんでしょう？

滞在者　もし貴女がフランスへ行かれることがあったら、彼女のお墓を訪れてお花を少しばかり添えていただきたいのです。

（香奈子、無言）

滞在者　いいえ、難しい場所ではありません。パリのペール・ラシェーズという大きな墓地です。区分34です。そこの壁際で、つる草に覆われた墓石の下に、彼女はたった一人、ひっそりと眠っています。もし、あちらに行かれるような機会がありましたら是非。

香奈子　それは……ムッシュのフィアンセへのご挨拶という意味ですか？

滞在者　（また眉根にシワを寄せる）私の日本のアミとして、私のフランスのアミへ友情のあかしを、という意味です。

香奈子　ダコール、でもそれには条件が……。

（滞在者、じっと目を閉じたまま答えない。）

香奈子　わたしの勝手な想像をお許し下さいますか？　わたしは……わたしの推測では、ムッシュは彼女ではなく、たぶん彼女のお母様のほうを愛していらっしゃったのではないかと。あの強くて情熱的なマダムは、あなた様を真の母親のように大きく包み、あなた様に無償の愛をそそがれたようですね。嫉妬に駆られた妹さんに強く望まれ、あなた様はデュプレイ家を出られ妹さんのもとへ引っ越されました。ところが、マダムはそのアパートへやって来て、あなた様を連れ戻してしまった。そしてあなた様が処刑された翌日、彼女は独房の格子に帯を吊るし、みずから命を絶たれたとか。

（滞在者、相変わらず目を閉じ、車のウインドウに頭をもたせたまま、無言。）

香奈子　きっとそうだったんですわ。あなた様の意中の方はエレオノールではなくて、彼女のお母様だったんですわ。

（滞在者、いつしか寝入っている。）

香奈子　（一人でフランス語でつぶやき続ける）ムッシュ、その通りだとおっしゃって下さいませ。そしたら、わたし、エレオノールのお墓参りをお約束します。マダムのほうなら許せます。でも、ノンと言われるなら、やはりエレオノールを愛していたとおっしゃるなら……彼女にお花を捧げるなんてそんな辛いこと出来ません！

（滞在者、ぐっすりと眠り込んでいる。）

香奈子　ムッシュ・ロベスピエール、わたしの悲しいお願いを無視なさるんですか？　もう少し女性の気持ちを分かって下さればいいのに……。

（香奈子、ほほに流れる一筋の涙を手で拭い、車のエンジンをかける。車窓の彼方に遠ざかる、夕焼けの空と岩山。）

七月十四日

（七月十四日朝、香奈子のリビングルーム。香奈子がテーブル上に用意された研究発表の資料を書類フォルダーに収めている。青い部屋着のガウンをまとった滞在者が感慨深そうに香奈子の手元を眺めている。）

香奈子　ついに今日のこの日が来ました！

滞在者　マドモワゼルのレポートはみごとに完成しましたね。

香奈子　おかげさまで！　ムッシュ・ロベスピエールのご教授の賜物ですわ。こちらがわたしの原稿の仏訳です。記念にお受け取りいただければとても幸せです。

滞在者　メルシーボクー！

香奈子　あ、それから、夕べのわたしのお願いのこと、お考えいただけましたでしょうか？

滞在者　夕べのお願いとは？

香奈子　もうしばらくこの国に、わたしのところに滞在していただけないかという……。

滞在者　デゾレ、それはむずかしい。毎年この日、我々二十二名の同志はバスティーユ広場に集まり、あの記念すべき出来事を祝うことになっているのです。遅くとも本日早朝には出発しなければならなかったのですが、マドモワゼルのご出発を見届けてから、と考え……。

香奈子　でも、ムッシュは今まで少なくとも二百回以上フランス革命のお祝いをなさっているのでしょう？　そのうちのたった一回だけ、今年の革命記念日の一日だけ、特別にわたしのために分けていただけませんか？　香奈子と一緒にお過ごしいただけませんか？

（滞在者、無言。）

香奈子　是非ご一考下さいませ。お願いです！　これでお別れなんて、悲し過ぎます！

香奈子の最後の望みをお聞き届けください！

滞在者　ジュ・ヴェ・ビヤン・レフレシール（よく考えてみます）。

香奈子　メルシーボクー！（時計を見ながら）わたしはもう出発しなければ。でも、わたしの発表が終わったらすぐに帰って来ます。ですからそれまでどうぞ待っていて下さいね。お約束ですよ！　今夜はシャンパンでお祝いを。それでは、アビヤント、ムッシュ・ロベスピエール。

滞在者　ボン・クラージュ（頑張って下さい）、マドモワゼル・カナコ。

（香奈子、晴れやかに微笑んで、書類フォルダーを抱え、部屋から出て行く。香奈子のマンションの通路、エレベーターに乗り込む香奈子の後姿を、つば広の黒い帽子を被り黒の上着と赤いベストに身を包み、腰にサーベルを下げた青年が、通路の隅でじっと見つめている。それから真っ直ぐ香奈子の部屋へ向かい、チャイムを鳴らすとともに、もどかしげにドアをたたく。それは第二の訪問者。）

第二の訪問者　ロベスピエール、ボンジュール！　セ・モワ（私です）！

（ドアが開き、部屋着姿の滞在者の驚いた顔が現れる。）

第二の訪問者　シトワイヤン、サン・ジュストが急ぎお迎えにあがりました。ご出発の準備はもうお済みでしょうな？　おや、そのお姿は？

＊　＊

（日仏交流会館のフランス革命研究発表会の会場。壇上の奥にはプロジェクター用の大きなスクリーンが掲げられ、その両側に、胸に赤いバラの造花を付けた審査員が並んで座っている。中央にはデスクが置かれ、スライド用のＰＣとマイクが用意されている。左手端には机が一つ置かれ、その上にはリボンで結ばれた賞品らしい包みや箱が幾つか置かれている。会場の最前列に里美と秋川が並んで座っている。司会者が会場の拍手に迎えられて登場する。）

司会者　今日は七月十四日、フランス革命の記念日です。そのパリ祭の行事の一環としまして、本年はこの会場にて我がフランス歴史研究会主催による、革命を主題とした研究発表会を開催させていただく運びとなりました。皆様のご協力と応援に対し、心よりお礼申し上げます。（会場の拍手）ところで、一つサプライズのお知らせがあります。この研究発表で、一番皆様が感銘を受けられたスピーチにつき投票をお願いし、優秀者には賞品を、特に最優秀者に選ばれた方にはフランスよりのシャンパンを差し上げたいと考えます！（会場から歓声）また、本日、ささやかではありますがレセプションの場を設けさせていただきましたので、表彰式の後、皆様、ワインとお料理にてご歓談下さいますようお願い致します。（会場また歓声）なお、最優秀賞を勝ち取られた方のスピーチは、後日フランス歴史研究会の機関誌に掲載させていただきます。では、これから発表をされる方々のご紹介をさせていただきます。（会場の拍手）

＊　　＊

（香奈子のリビングルーム。滞在者が窓からバルコニーに置かれた赤いゼラニウムの鉢植えをじっと見つめている。白いカツラを被り、顔に白く化粧をほどこし、青色の上着とレースの付いたワイシャツ、白いキュロットを着ている。ティテーブルの上には、オレンジジュースを飲み干したばかりのグラス。ソファの上には滞在者の青い部屋着のガウンがきちんとたたまれ、その傍らに滞在者の黒い革の書類入れと小物入れが置かれている。滞在者から数歩離れてじっとたたずむ第二の訪問者。）

第二の訪問者　シトワイヤン・ロベスピエール、我々は毎年の革命記念日をパリで過ごさねばならない、どうぞお忘れなく！

滞在者　そうだった。

第二の訪問者　フランスで我々の同志達が貴方を待っている。首を長くして！　まさか、この場に及んで未練などとおっしゃるのではないでしょうね？

滞在者　ノン、サン・ジュスト。

第二の訪問者　貴方のこの国でのプロジェクトは終わりました！　あのマドモワゼルは実に献身的に貴方の弁護のためのレポートを作成したようだ。カンメム（しかしながら）……。

滞在者　カンメム？

第二の訪問者　彼女はたった一つ過ちを犯した。
滞在者　過ちを？
第二の訪問者　そうです。彼女は貴方を真なる革命家として崇拝するよりも、一人の男として愛してしまった！

（滞在者、無言で窓の外を見つめている。）

第二の訪問者　しかし、シトワイヤン・ロベスピエール、貴方はフランス国民のものだ。ゆえに貴方はこの国を離れ、もう二度と彼女にお会いになってはならない！
滞在者　サン・ジュスト、君は氷の剣のような男だ。
第二の訪問者　よろしいか。女性の気持ちを生殺しにすることこそ何よりもむごいのだ！

（滞在者、無言。）

第二の訪問者　思い出されよ、三世紀の昔、あのテルミドールの十日、血まみれの肉体を離れ、霊魂と化した我々二十二名の同志は、死後も一体となってフランス共和国のために闘い続けることを誓った、ネスパ？

滞在者　ウイ、テュ・ア・レゾン（君は正しい）。

第二の訪問者　その我々の闘いの支障となるものはあまねく排除されねばならない、それが我々の掟です。彼女のことは全部お忘れ下さい！　そして、一刻も早く出発しましょう。今ならまだパリのソワレ（夕刻の集会）に間に合いますから。

滞在者　ダコール。だが、少しだけ時間をくれたまえ。マドモワゼル・カナコに一筆、感謝とお別れの手紙を残したい。

（滞在者、窓辺のデスクに向かい、羽ペンを手に取る。）

＊　＊

（発表会の会場、香奈子が壇上に立ち、スピーチを続けている。後方スクリーンには、ロベスピエールの処刑の場面を描いた絵と彼の肖像画が映っている。）

香奈子　……かくしてロベスピエールは一七九四年七月二十八日、共和暦テルミドール十日の夕刻、最後まで彼に付き従った二十一名の同志とともに、パリの革命広場でギロチンの露と消えました。その後テルミドリアン達（熱月派）は、自分達の数々の残虐行為をすべてロベスピエールの仕業と主張し、事実の歪曲、捏造により、彼の人物像を真っ黒に塗りつぶしたのです。ここにその証拠となるような興味深い数字があります。

パリの革命裁判所で死刑の宣告を受けた者の人数は、一七九三年三月一日から一七九四年六月十日までの期間には一二五一名でしたが、いわゆる大恐怖政治の発端となったプレリアル法が施行された六月十日からロベスピエールの失脚した七月二十七日までの期間にはなんと一三七六名にのぼったのです。そしてこの期間ロベスピエールは、おそらく鬱状態で二十五日間も引きこもり、国民公会にも公安委員会にも出席しませんでした。彼の同志だったサン・ジュストは戦地にいてパリには不在、クートンは体が麻痺していく病のために自宅から動けなかったのです。ロベスピエールはこのプレリアル法の悪用を厳しく弾劾していました。こんな状況だったのに、なぜ彼にプレリアル法による大恐怖政治への全的責任があるなどと言えるのでしょうか？　これを歴史の改竄と言わずして、なんと呼べばいいのでしょうか？

この研究発表のレポートに取り掛かりました当初私は、ロベスピエールは血に飢えた残虐な独裁者だったという固定観念を捨てきれずにおりました。でもひょっとしたら、それとは違う人物像が見つかるかもしれないと、心の片隅で思いながら、私のリサーチを続けました。この三か月の間に私の彼に対する印象は大きく変わりました。この会場で私が皆様にお話いたしました種々の事柄の中で、私が皆様に一番注目していただきたい点は、ルソーに傾倒し、かつては死刑反対論者であり、弁護士として初めて殺人犯への死刑宣告を受け入れざるを得なかった時、まる二日間も食事が喉を通らなかったという純粋な青年弁護士が、また人間の平等と民主主義の高い理想を革命の中に実現しようと決心し、アンシャンレジームに対する闘いに身を捧げた彼が、後日なぜ恐怖政治の主導者とならざるを得なかったかという問題なのです。そのような結果に至った歴史の背景を形成する事情、現在の私達の国からは想像も出来ない国家の危機、血で血を洗う内戦、これらを理解せずして、彼への判決はなし得ないということを声を大にして皆様に申し上げたいのです。そして、果たして恐怖政治は真に悪魔の大罪だったのかという問題です。恐怖政治によってフランス共和国は、外国からの侵略や内戦による崩壊から免れた、という可能性を排除することは出来るのかという争点です。

そしてもう一つ、私は、ロベスピエールという一人の革命家がフランスにおいてどのような存在であったかという問題を、あの当時のフランスにさかのぼって追究しなければならないと考えます。彼は美徳の理想を守り、人間の私利私欲や堕落を一切許さず、悪徳との妥協を断固拒絶し、新生共和国を滅ぼそうと企む敵の抹殺を決意しました。彼は言いました。「私は罪悪と闘うために生きる、罪悪を御するために生きるのではない」と。しかし皆様、政治とは時には罪悪を御さなくてはならない、それが厳然たる現実ではないでしょうか？　ゆえに彼は本当の政治家としては不適当だった、という意見もうなずけるのです。その潔癖のゆえに許せない人間達を数多く処刑台へ送ったことも否定出来ない事実です。そのために彼は多くの人々から恨みを買うことになり、それが彼の致命傷の一因となったかもしれません。しかし、ある英国の歴史家が書いているように、ロベスピエール自身にとっては、何を成し遂げるかよりも、フランス国民に対しどのような理想の象徴となるかが重要だったのです。彼はまさに共和国のために闘う人々の憧憬の化身であり、フランス革命の理想の権化だったのです。そのゆえに彼は、彼を殺したテルミドリアン達を凌駕して人々の心の中に生き続けているのではないでしょうか？

　彼が掲げた理想は、今の時代においてもこの私達の世界からは余りにも程遠いものであり、その真なる実現は永久に不可能でしょう。この文明や科学が極度に発達した私達の時代でも、十八世紀となんら変わることのない不幸や災い、不平等が存在し、悪徳がはびこっています。そのゆえにこそ、私達は時々立ち止まって、歴史を考え、かつて自分の命を賭して人々の幸福のために闘った、清廉潔白なある一人の革命家に思いを馳せなくてはならないと考えます。歴史の中で長いこと歪められてきた彼の人物像に、新たに水晶のように透明な光を真っ直ぐに当ててみませんか？　私は今、あの不屈の革命精神を持った彼の、歴史の中での復権を心から求めています。英雄でも聖人でもない、ただ一人の誠実でひたむきな人間として。そして私は今、彼を、マクシミリアン・ロベスピエールを心から愛しています！　これを私のプレゼンテーションの最後の言葉とさせていただきます。皆様、ご清聴ありがとうございました。

（香奈子、壇上で頭を下げる。会場から割れるような拍手。）

会場の声　ブラヴォー、香奈子！　最高の演説だ！

（里美と秋川も興奮の表情で一緒に拍手する。）

里美　香奈子には負けたわ！
秋川　素晴らしいプレゼンだったなあ！
里美　愛よ！　愛があんなスピーチを生み出したのよ！　愛こそすべてってわけね！　まさにベルバラじゃない？
秋川　これでシャンパンは香奈子さんのものだ。

＊　　＊

（香奈子のリビングルーム。窓辺のデスク上で数行の手紙にサインをする滞在者、羽ペンを一旦置くが、思い直したように付け加える。「追伸・マドモワゼルに貸していただいたこの羽ペンは、思い出の品としてフランスへ持って行きます。M.R.」滞在者、羽ペンを自分の書類入れにしまい、書き終えた手紙をテイテーブルの上のグラスの下に置く。）

第二の訪問者　さあ、シトワイヤン・ロベスピエール、もう時間切れです。直ちに出発を！　我がフランスへ！　パリへ！

（滞在者、書類入れを抱え、小物入れを取り上げて、ゆっくりと部屋を見回してから、第二の訪問者に促されながら、無言のまま香奈子のマンションを去る。）

＊　＊

（夕暮れ迫る香奈子のマンション。エレベーターから降りてくる香奈子、赤いリボンで結ばれたシャンパンの箱を抱え、息せき切って通路を走ってくる。自分の部屋のドアを開けながら。）

香奈子　ムッシュ、今帰りました！　表彰式やらレセプションでこんなに遅くなってしまい、デゾレ、でもわたしの発表はなんと特等賞を勝ち取りました！　こちらに賞品のシャンパンが……。

（リビングルームに足を踏み入れて、返事のない部屋を見回す。）

香奈子　ムッシュ、どちらにおいでですの？（ソファの上の青い部屋着に目をやり、顔をこわばらせる。次いでティテーブルの上の白い紙に気づき、駆け寄ってその紙を震える手で取り上げる。）

「親愛なるマドモワゼル・カナコ、貴女のご希望に沿うことが出来ず、直ちに帰国する私をどうぞお許し下さい。貴女の心温まるオスピタリテ（おもてなし）の数々、そして貴女と過ごした楽しい日々を、私は決して忘れることはないでしょう。だが私はフランス国民のために彼らのもとへ帰らねばなりません。貴女の幸せを心から祈ります。もう二度と悲しみや悔しさでご自身の美しい唇を噛むことがありませんように！　ご挨拶もなく去る無礼をお詫びします。しかし、もう一度お会いしたら、私は貴女にお別れを告げることが出来なくなるかもしれません。ボンヌ・シャンス（ご幸運を）、マドモワゼル・カナコ。アデュー！　*Maximilien Robespierre*

追伸……」

（滞在者の手紙を片手に呆然と立ちすくむ香奈子、夕闇が徐々に深まってくる。）

（香奈子、何かを決意して、両手でこぶしを握る。）

香奈子　ムッシュ・ロベスピエール、やっぱり香奈子のお願いを聞き入れては下さらなかったのですね。でも、わたしはもうムッシュなしでは生きていけません。朝目覚めて、お隣にあなた様がいらっしゃらないなんて耐えられません！　どうしても帰国なさるのですね。それならわたしもあなた様の国へ行きます（ソファの上に残された滞在者の部屋着を胸に抱きしめる）。あなた様が置いていかれたこの青いローブを持って。そしてあなた様を探します。無駄な試みとおっしゃいますか？　でも、いつかあなた様は言われました。たとえ頂上に達することが出来なくても、登り続ける闘いからは、必ず何か素晴らしい結果が生まれると。だから、わたしは頑張ります。いいえ、きっとムッシュを見つけて再会を果たします！　何が何でも！

旅立ち

（空港の待合室。時々フライトのアナウンスが聞こえる。ソファに里美と秋川が並んで座っている。そこに、大きなショルダーバッグを肩から下げた香奈子が現れ、二人の前に座る。）

里美　荷物のチェックインは無事終わったのね？

香奈子　ええ、満席なんですって！　さすが花の都パリだわ。

里美　もう迷いはないの？

香奈子　もちろんよ！　パリに向かってまっしぐらに飛ぶだけよ。

秋川　でも驚いたなあ！　急に会社辞めてフランスにいらっしゃるとは！

里美　それもよ、たった一通の置手紙を残して、突然煙のように消えちゃったムッシュに会いに行くなんて！

香奈子　あの方はね、わたしを地獄のどん底から救い出して下さったのよ。だから、本当に探すべき愛が分かったの。彼はわたしの至高の存在なんですもの。

里美　またまた、冗談でしょ？　大体、彼がどこにいるのか当てはあるの？

香奈子　パリのどこかに必ずいるはずよ。きっと探し当てて見せるわ。

里美　ねえ、前から聞きたかったんだけど、結局あのムッシュは記憶を取り戻したの？

香奈子　それがそのう……やっぱり俳優だったらしいのよ、コメディフランセーズとか……いえ、そこまでは分からなかったけど、以前パリでロベスピエールの役を演じていたとか……でもわたしは、彼はロベスピエールその人だったと信じているの。

里美　あらあら、香奈子はあの研究発表にのめり込み過ぎちゃったんじゃないの？　あのムッシュが香奈子に対してどんなに素晴らしいロベスピエールを演じたか知らないけど、今どき神様とか美徳とか言ったって、そんなもの説得力ないわよ、時代遅れよ。どう考えてもあのムッシュにはリアリティが欠けているわ。

香奈子　その通りだわ。現代のわたし達はもう宗教に救われるほどナイーブではないわ。でも、あの方はわたしに真心の愛を教えてくださったのよ。絶対に女性をだましたりもてあそんだり裏切ったりなさらない方よ。その真っ直ぐなお心に、余りにも時代遅れのあの方の魂に、わたし、たまらないほどの郷愁を感じたの！

里美　郷愁ねえ……。

香奈子　（にっこり微笑みながら）そうよ。これからフランスで色々なことをやれるだけやってみるわ。アパルトマン借りて、学校に入るとかアルバイトするとか、そしてフランス革命やロベスピエールゆかりの場所を訪ねて歩くとかね。きっといつか彼に会えるような気がするの。

里美　会ってどうするの？　結婚でもするつもり？

香奈子　それは……。

里美　まあいいわ。そこまでムッシュのことを思っているなら、あたし、もう何にも言わないから、好きになさいな。そして香奈子の気が済むように、初志を貫徹してちょうだい。体だけは大事にね。あ、それから（バッグを開けて白い封筒を取り出す）これね、いつかの預かり物よ。今度こそ素直に受け取ってね。きっと役に立つわ！

香奈子　（封筒を受け取り中身を見て驚く）これって、あの日の夜、上月夫人が持ってきた小切手じゃない！

里美　その通りよ。もうすっかり吹っ切れたでしょ？　だから安心してお返しするわ。お金は絶対女を裏切らないから、信頼して、これからの香奈子の新しい生活に投資するのよ。

香奈子　まあ！　わたし一体なんて言ったらいいのか……でも、そうね、その通りね、里美の言うことは正しいわ。有り難う、本当に！　この小切手の過去は忘れて、わたしの新規まき直しの資本にするわ。

里美　ブラヴォー！　それからね、もう一つだけニュースがあるの。（隣に座る秋川の腕に自分の腕を回しながら）あたし達結婚することになったのよ。

香奈子　ええっ、ホント？

秋川　驚かせちゃってすみません。その、色々あって……いやだなあ、僕照れちゃうよ！

里美　マリー・アントワネットとフェルセンについて二人で一緒にリサーチやっていて、ヒョウタンから駒が出ちゃったのよ。何か気が合うなって雰囲気になって。

香奈子　それはそれはおめでとう！　本当によかったわね！　じゃあ、お二人も新生活に向かって出発ってわけね？

里美　なるべく早く式を挙げようと思っているのよ。もし、あたし達のウエディングの前に香奈子が帰国したら、きっと式に出席してね。

香奈子　もちろんよ。わたしはどうやら里美にはだいぶ遅れをとっちゃったみたいだけど、これからこの本でお勉強するわ。

（香奈子、ショルダーバッグから一冊の本を取り出し、里美に見せる。）

里美　『ラ・ヌヴェル・エロイーズ』って……。

香奈子　ルソーの小説よ。たまたま古本屋で見つけたの。同じ本を以前あの方が日仏交流会館から借りてきて下さったんだけど、わたし全然読まないで返してしまったの。だからこれから心を込めて読むわ。それじゃあ、里美と秋川君、お幸せにね。そろそろ、わたし、出国手続きのゲートに入るわ。今日はお見送りに来て下さって、本当に有り難う。今までも本当にお世話になりました。お二人のことは絶対忘れないわ。メルシーボクー！　ア・ビヤント！

里美と秋川　ボン・クラージュ（頑張ってね）、カナコ！　ボン・ヴォワヤージュ！

（香奈子、立ち上がる。里美と秋川、手を取り合って彼女を見送る。さわやかな笑みを浮かべて手を振る香奈子の姿が旅行者の群れの中に消える。それから空港をあとにする二人。）

秋川　香奈子さん、やっぱりそのフランス人を好きになっちゃったのかなあ？

里美　さあねえ、何しろ社長さんとの恋があんな破局で終わっちゃったから、おかしくなっているんじゃないの？　それにしても彼女、どうにかもっと現実的になれないものかしらねえ。いつも夢ばかり追っかけて、あれじゃ、またしくじるわ。

秋川　いや、彼女は大丈夫でしょう。きっとフランスで何か新しいプロジェクトを成し遂げて、幸せ一杯で帰ってくるよ。

里美　だといいんだけどねえ。

秋川　そのムッシュだけど、どんな人だったの？

里美　あたしは会ったことないの、電話でちょっと声だけ聞いたけど。ただねえ……。

秋川　ただなんなの？

里美　あたしね、香奈子のマンションのお隣さんとか、彼女が彼と出かけたとかいう公園や遊園地に行って、それとなく聞いてみたんだけど、変なのよ。誰もそのフランス人を見たって言う人がいないの。

秋川　たまたまじゃないかなあ？

里美　そうかもしれないけど……でもね、代わりに、香奈子がフランス語らしい外国語を一生懸命しゃべりながら一人で歩いていたのを見かけたという目撃者が何人かいるのよ。変でしょ？

秋川　じゃあ、ひょっとすると香奈子さんは幽霊と一緒にいたんじゃないの？　ロベスピエールの幽霊と！　幽霊は特定の人にしか姿を見せないらしいから。

里美　ええっ？　キャアッ、気味が悪い！　やめてよ、そんな話！　あたし、幽霊大嫌いなんだから！

秋川　でも、僕達のことどう思う？　悲恋に終わった王妃マリー・アントワネットとフェルセン伯爵の幽霊が僕達の中でよみがえって、今度こそ彼らの深い愛を成就しようとしている、こんなふうに考えると、とてもロマンチックじゃない？

里美　そう考えるとそうかもね。でもあたしはやっぱり運命の赤い糸のほうを信じたいわ。秋川君、あたし達、うんと幸せになりましょうね！　そして香奈子も彼女を本当に幸せにしてくれるような素敵な男性に出会えるようお祈りしてあげましょう。幽霊じゃなくて、生きている男性に！

（手を取り合って歩む二人の後姿。背景の空をジェット機の小さな機影が次々と飛び去って行く。）

参考文献

(1)	Association des amis de Robespierre	Le bulletin « L'Incorruptible » numéro 63 (mars 2008)
(2)	Bouloiseau, Marc	*Robespierre*, Presses universitaires, 1957
(3)	Bourson, Pierre-Alexandre	*Robespierre, ou le délire décapité* Éditions Buchet/Chastel, 1993
(4)	Domecq, Jean-Philippe	*Robespierre, derniers temps* Agora, 2002
(5)	Fleischmann, Hector	*Robespierre et les femmes* Albin Michel, 1908
(6)	Gallo, Max	*L'Homme Robespierre, Histoire d'une solitude*, Perrin, 1968
(7)	Gascar, Pierre	*L'Ombre de Robespierre* Gallimard, 1979
(8)	Hampson, Norman	*The Life and Opinions of Maximilien Robespierre*, Duckworth, 1974
(9)	Massin, Jean	*Robespierre* Le club français du livre, 1956

(10)	Renard, Thierry	*Citoyen Robespierre* BÉRÉNICE, 2004
(11)	Saint-Paulien	*Robespierre, ou les dangers de la vertu*, La Table Ronde, 1984
(12)	Walter, Gérard	*Robespierre*, Gallimard, 1961

著者プロフィール
マリ・くにこ
東京都生まれ、在住
東京教育大学英米文学科卒業

「ロベスピエール友の会」会員（フランス、アラス市、“Association des Amis de Robespierre”）

著書 「サファリパークホテル」（文芸社、2008年）

戯曲　ロベスピエールの来訪

2010年５月15日　初版第１刷発行

著　者　マリ・くにこ
発行者　瓜谷 綱延
発行所　株式会社文芸社
〒160-0022　東京都新宿区新宿1－10－1
電話　03-5369-3060（編集）
03-5369-2299（販売）

印刷所　図書印刷株式会社

ISBN978-4-286-08730-6